KB261376

연애를 시에서 꺼내다

고즈윈은 좋은책을 읽는 독자를 섬깁니다.
당신을 닮은 좋은책 — 고즈윈

시에서 연애를 꺼내다

민용태 지음

1판 1쇄 인쇄 | 2012. 8. 7.
1판 1쇄 발행 | 2012. 8. 15.

발행처 | 고즈윈
발행인 | 고세규
신고번호 | 제313 - 2004 - 00095호
신고일자 | 2004. 4. 21.
(121 - 896) 서울특별시 마포구 동교로13길 34(서교동 474 - 13)
전화 02)325 - 5676 팩시밀리 02)333 - 5980

값은 표지에 있습니다.
ISBN 978 - 89 - 92975 - 76 - 6 03800

고즈윈은 항상 책을 읽는 독자의 기쁨을 생각합니다.
고즈윈은 좋은책이 독자에게 행복을 전한다고 믿습니다.

연애를 시에서 꺼내다

세상에서 가장 아름다운 사랑의 시

민용태 지음

고즈윈
God's Win

차례

시인 치고 사랑의 시인 아닌 시인 있는가

"사람 치고 사랑의 시 아닌 사람 있는가. 시인 치고 사랑의 시인 아닌 시인 있는가. 민용태는 사랑의 시다. 모든 사람이 사랑의 씨에서 잉태한 사랑의 시듯이."

이 말은 1978년 카세트테이프로도 제작되었던 스페인어 판 《민용태 시 *Poemas de Yong-Tae Min*》에서 내가 첫마디로 한 말이다. 사실 이 말은 스페인 시인 안또니오 마차도 Antonio Machado가 했던 "시인 치고 낭만주의자 아닌 시인 있는가."라는 말에서 비롯된 것이다.

내 시가 사랑의 시로 유명해진 것은 사실 스페인 근방에서였다. 그곳의 유명한 음유 시인이 내가 쓴 사랑의 시 대여섯 편을 가지고 다니면서 마드리드, 로마, 런던의 유명 카페에서 낭독하고 다녔기 때문이다. 물론 가수 겸 시인인 그 사람은 정작 나를 몰랐지만, 나는 그를 스페인의 한 카페에서 한 번 본 적이 있다. 그것도 나의 친구이자 시인인 미겔 갈라네스Miguel Galanes가 가자고 해서 따라간 큼직한 홀에서였다.

서구는 전통적으로 낭독 기술이 크게 발달되어 있어서, 시를 읽을 때 따로 음악을 틀거나 하지 않는다. 시 자체에 리듬과 톤이 있는데 무슨 음악이 필요하겠는가? 그 카페에서 음유 시인이 읽은 나의 시 두 편은 모두 《섬Isla》(1977)에 나오는 사랑의 시들이었다.

나비야 나비야, 날 어쩌란 말이냐

여인아
네 몸뚱아리 절반은 물이다
다른 절반은 바위, 혹은 산호초
날 부르는 파란 손길
나를 막는 빨간 암초의 뼈…….
아, 이 많은 로렐라이 노랫소리를
난 어쩌란 말이냐
사공아

바다를 바라다

바다가 되고

내 사랑은 바다보다 커서

온 바다는 물거품 물거품…….

이 많은 물과 파도

이 많은 오렌지 꽃 꽃 꽃 이파리를

난 어쩌란 말이냐

바다의 정원사여

이 많은 꽃 이파리를 난 어쩌란 말이냐

이 많은 입술을 난 어쩌란 말이냐

이 많은 꿀을 난 어쩌란 말이냐

나비야 나비야

이 많은 꿀과 입술과 이슬

아, 이 많은 죽음을 난 어쩌란 말이냐

사랑하는 여인의 절반은 물이다. "여자의 마음은 갈대와 같이 La donna mobile"라는 노랫말을 직역하면 "여자의 마음은 늘 변하고"라는 뜻이다. 즉 여자는 남자보다 시간적 실체라는 말. 여자는 남자와 달리 달마다 경도가 있고, 애를 배면 경도가 끊기는 생체 변화와 리듬이 활발하다. 그러나 그래서 여자의 마음이 잘 변한다는 말은 억지다. 인간이라는 실체는 모두 70퍼센트 이상이 물이고 또한 시간 속에 존재하니까.

사랑할수록 사랑을 아우르는 시간의 횡포가 두렵다. 사랑할수록 나는 너를 잃을까 두렵다. 그러나 내가 더욱 가까이 갈수록, 너에게는 너와 나의 하나됨을 받아들이지 않는 존재의 뼈가 있음을 느낀다. "너와 나는 하나야!"라고 소리쳐도 끝내 너와 나는 하나가 될 수 없는 역설적 실존의 한계. 그래서 미당은 "네가 죽고 내가 산다면, / 내가 죽고 네가 산다면……"이라고 말하며 흐느낀다.

바다는 우리에게 푸른 희망이다. 그러나 그것은 동시에 죽음이다. 끝없는 바다의 유혹은 로렐라이의 노랫소리처럼 죽음의 유혹이다. 바다에서 사랑의 꽃은 물거품일 뿐. 그래서 시인은 "사랑이냐 파괴냐!"라고 노래한 비센떼 알레익산드레Vicente Aleixandre를 기억한다. 사랑의 끝없는 유혹은 바로 죽음의 유혹이다. 낭만주의 사랑은 수많은 죽음을 낳았다. 그러나 그렇다고 사랑을 포기할 순 없다. 끝없는 여인의 유혹, 사랑의 속삭임에 영원히 눈감고 귀 막을 순 없지 않은가.

음유 시인의 하소연에 가까운 목소리는 길게 늘어뜨린 손가락과 함께 좌중의 심금을 사로잡았다. 박수가 그치지 않고 터져 나왔다. 지상에서 최초로 참시인이 된 기분이었다. 그 맑고 투명한 발음을 타고 낭창거리며 울려 퍼지는 감정의 파문은 청중의 마음을

휘어잡기에 충분했다. 음유 시인은 감사의 표시로 몇 번이고 손을
흔들었다.

　그는 잠시 침묵한 뒤 다시 내 시 한 편을 더 읊기 시작했다.

너만이 내가 사랑하는 사람

하늘에 별들은 너보다 많아

땅에 꽃들은 너보다 많아

물에 물고기들은 너보다 많아

하지만 너만이 내가 사랑하는 사람

네 눈의 그 많은 별들 때문만은 아냐

네 입술의 그 많은 장미 때문만은 아냐

네 허리의 그 많은 물고기 때문만은 아냐

하지만 너만이 내가 사랑하는 사람

하늘을 가 보았지, 땅을 가 보았지

바다를 가 보았지, 하지만

너를 알고부터, 난 온 우주가

소라의 작은 가슴 속에 있음을 발견했어

아름다움이 뭐냐고 물으면

난 네 이야기밖에 할 이야기가 없어

사랑이 뭐냐고 물으면

난 네 이야기밖에 할 이야기가 없어

내가 누구냐고 물으면

난 네 이야기밖에 할 이야기가 없어

사랑하면 너는 내게 별보다 귀하다. 내 눈에 보이는 별은 너뿐이다. 생각해 보면 하늘에 별은 많다. 그러나 너라는 별만이 유일한 별. 너는 꽃보다 아름답고 물고기보다 육감적이다. 그것은 너의 외적인 아름다운 모습 때문만은 아니다. 특히 깊은 밤 너의 허리에서 느껴지는 그 많은 물고기들의 유혹과 미끄러움을 나는 미치도록 좋아한다. 그러나 너의 그런 에로틱한 허리 때문에 너를 좋아하는 것은 아니다.

세상은 미궁이다. 하늘도 땅도 바다도 읽기 난해한 지도들. 그러나 사랑은 너에게 온 우주가 담겨 있음을 가르쳐 준다. 마치 작은 소라에게서 바다 소리와 우주의 속삭임이 들리듯이. 너에 대한 사랑을 통하여 나는 철학을 배운다. 미美가 무엇인가를 나는 내가 보는 너의 모습에서 읽는다. 사랑이 무엇인가를 너를 향한 나의 마음에서 읽는다. 그리고 내가 누구인가 하는 자아 인식은 너를 통하지 않고는 불가능하다. 너 없이는 존재할 수 없는 실체가 나다. 나 혼자의 나는 내가 아니다. 너를 사랑할 때 비로소 실존하는 내가 태어난다.

그러나 동시에 너는 나를 무아지경無我之境으로 인도한다. 즉 나를 잊고 모든 우주 속에서 황홀하게 너를 인식하는 길이다. 오쇼 라즈니쉬는 《탄트라 비전》(1993)에서 이렇게 말했다.

"그대가 사랑을 안다면 신을 알아야 할 필요는 없다. 그대는 신을 이미 알고 있다. 사랑은 신의 또 다른 이름이기 때문이다. 그대가 사랑을 안다면 굳이 명상 속으로 들어갈 필요가 없다. 사랑은 또 하나의 명상이기 때문이다. (중략) 만약 사랑이 존재한다면 굳이 다른 수행을 할 필요가 없다. 사랑을 통해서 이미 그 결실을 거두었기 때문이다. 그 결실이란 바로 에고ego의 소멸이다."

시 낭독이 끝나자 또다시 우레와 같은 박수가 터져 나왔다. 시인인 내가 들어도 내 시가 감동스러웠다. 그것은 좋은 낭독의 참맛이었다. 그리스의 시인들이 읊고 노래했던 시의 맛과 감동과 인기가 바로 이런 데서 왔구나 하는 느낌이었다. 시 때문이었는지 포도주 때문이었는지 나는 흠뻑 취해 있었다. 그때였다. 뜻하지 않은 엄청난 사건이 벌어졌다. 박수를 받던 낭독 시인이, "여기 이 시의 작가인 Yong-Tae Min(나의 스페인어 필명) 시인이 와 있습니다. 지금 직접 이 자리로 모시겠습니다!"라며 날 단상으로 이끌었다. 황급히 끌려 나간 내 얼굴은 글자 그대로 온통 홍당무였다. 나중에 안 일이지만 내 친구 미겔 갈라네스가 나라는 시인이 여기 왔음을 미리 귀띔해 둔 것.

그렇다. 스페인어 시인으로서 나의 영광은 이렇게 해서 '사랑의 시인'으로 출발했다. 사실 내가 고등학교 때 시를 끄적거리기 시작한 것도 "영원히 여성적인 것이 나를 이끈다(괴테의 《파우스트》에서)"는 위대한 낭만주의 시인의 사랑의 꼬임을 받아서였는지도 모른다. 그때 나의 사랑은 글자 그대로 아련한 그리움이거나 기약 없는 기다림, 이룰 수 없는 사랑이었다. 아직 플라토닉러브라고 부르기에도 설익은 안타까움의 파편들……. 그러나 그때 사랑의 시인 민용태, 혹은 사랑의 시 민용태는 본격적으로 태동한다.

따라서 오늘 '나'라는 시인을 살찌운 것은 모든 시인들의 사랑의 시였다. 사랑의 시라기보다 사랑이었다고나 할까. 시가 사랑이니까. 특별히 《시에서 연애를 꺼내다》라는 제목으로 이 책을 쓴 것은 바로 나를 시인 되게 한 그 많은 사랑들에게 감사하는 뜻에서이다. 보다 많은 시인들의 사랑 시를 모을 수도 있었다. 그러나 그것은 내 인생에 많은 사랑이 있었다는 말처럼 진실해 보이지 않는다. 여기 내가 모아 번역하고 해설한 시들은 내가 사는 동안 몇 번이고 읽고 되읽고 나의 가슴이 되었던 명작들이다.

2012년 8월

민용태

사랑은 잠이다. 잠이 올 때 사랑은 눈과 가슴을 파고든다.

그래서 사랑은 사랑 아닌 온 곳을 눈이 오게 한다.

"반쯤 졸리는 눈으로" 반쯤 더듬거리며 속삭이는

소녀의 사랑의 말은 매력적이다.

퍼붓는 눈발을 뚫고 가슴을 파고든다.

사랑은 잠이다. 잠이 올 때 사랑은 눈과 가슴을 파고든다.

1부
세계 사랑의 시

Thelma Nava
Robert Graves Octavio Paz
MPablo Neruda MCesar Vallejo
Pedro Salinas Nicanor Parra
Macedonio Fernandez
Jorge Luis Borges

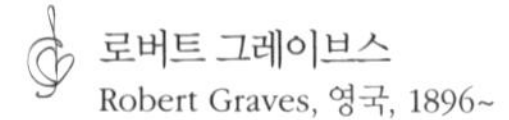
로버트 그레이브스
Robert Graves, 영국, 1896~

사랑의 순간을 노래하다

그레이브스는 나에게 있어 저명한 희랍 신화의 저자라기보다는 가장 서정적인 사랑의 시인이다. 그의 시를 처음 읽은 것은 내가 스페인 마드리드에 있을 때였다. 그레이브스도 연인과 함께 스페인 라스 빠야스엔가 살고 있다는 소식도 들었다. 언제 한번 만나 볼까 했던, 참으로 참한 사랑의 시인. 그를 직접 만나지는 못했지만 나는 그의 사랑의 시를 통해 오늘을 사는 연인들의 아픔과 사랑을 느꼈다.

우리는 르네상스 이후 줄곧 서양 시를 점령해 온 플라토닉 러브에도 지쳤다. 죽음의 냄새가 짙은 낭만주의 사랑에도 이제 질렸다. 늘 만나고 헤어지는 평범한 일상 속에서 로버트 그레이브스의 사랑의 시는 가벼운 서정과 인고로 우리를 감동시킨다. "눈물을 삼키는 대신, 그냥 웃기로 하는" 다음 이별의 시로부터 사랑의 아픔을 맛보자.

우리는 너무도 당연한 결과 앞에서 서로 어리둥절해서,

사실 아무것도 이해하지 못한다.

그래서 우리는 눈물을 삼키는 대신

그냥 웃기로 한다, 이별의 인사를 나누면서.

안개가 자욱이 우리를 에워싼다.

그러나 하나는 파랗고 하나는 황금빛 나뭇잎 한 쌍이

바람에 불려가듯 팔랑거리며 너와 나의 주위를 맴돌다

이내 멈추고, 두 별이 되어 가라앉는다, 파란 잎 위에 황금빛 하나.

어디 가든 여기 있는 거야. 한때 우리는 항상

함께 붙어 있어야 하는 철의 고리, 이제 그걸 끊어 버린 거지.

이제 지상의 어느 험한 바위에 앉는 것을 비웃듯

날아가는 날개 넷 달린 독수리 같은

(날개의 보조 색깔은 반대로 바뀌었지만)

그런 사랑의 휘장을 휘날리며.

로버트 그레이브스 · 사랑의 순간을 노래하다

헤어지지 않으려고 안간힘을 다하다가, 이해할 수밖에 없는 운명의 갈림길에서 차마 울지도 못하고 웃는 연인들. 서로 마주보며 하나가 되어 매달려 있던 인연의 줄이 다한 자리. 서로 떠나가면서도, "어디 가든 여기 있는 거야" 다짐하는 아프디 아픈 속삭임……. 그렇다. 헤어진다고 우리 사랑의 연줄이 끊어지는 것은 아니다. 두 연인은 그들의 사랑의 연에 "지상의 어느 험한 바위에 앉는 것을 비웃듯 / 날아가는 날개 넷 달린 독수리"를 그려 높이높이 띄우기도 한다. 우리의 사랑은 지상의 인연이 끝나도 독수리처럼 날아올라 하늘 끝까지 이어 가겠다는 듯.

그러나 이별은 인간의 일이 아닐 때가 있다. 운명의 여신은 아름다운 사랑일수록 질투를 하고 둘을 갈라놓는다. 우리는 더러 이런 어처구니없는 일을 당한다. 어처구니없다기보다는 숨이 꽉 막히는 엄청난 비극을 경험하기도 한다. 언제나처럼 만나고 헤어지는 일이었지만, "가서 편지 할게요" 하던 그 목소리는 저승에서 이승으로 날린 빈 약속이 되고 말았다.

한 남자가 한 여자를 위해 해 줄 수 있는 것은 다했다.
더러 사람들은 사람이 할 수 있는 이상을 했다고도 하겠지.
그런데 그렇게 무정하게 꺼져 버린 불길이 있을 수 있을까
그렇게 무책임한 이별의 말이 있을 수 있었을까?

“내 당신께 편지 할게요” 그녀는 짧게 중얼거렸지,

마지막 인사로 그녀는 볼을 살짝 내밀며

그리고 걸어갔지, 다시는 돌아오지 않을 길을…….

　로버트 그레이브스의 사랑의 시는 이렇게 지극히 산문적이기까지 하다. 평범한 이야기 투의 그의 목소리. 거기에는 놀라운 이미지나 은유는 없다. 그러나 대신 어느 수사적 말로도 바꿀 수 없는 절절한 사실의 마력, 그 목소리의 진솔성이 있다. 죽어도 잊을 수 없는 그녀의 말, “편지 할게요”와 그 마지막 모습들 하나하나…….

　시인은 사랑의 시를 제일 삼간다. 사랑의 시를 쓰면 지금까지 지켜 왔던 정조가 깨지는 것 같은 두려움. 아니면 이제는 시고 예술이고 정조고 다 포기한 것 같은……. 그러니까, 참으로 좋은 시를 쓰겠다고 체념한 소녀를 다시 사귀겠다고 만나면 참사랑이 사라질 것 같은 이상한 두려움.

　시는 사랑이다. 사랑의 시는 어렵다. 시가 어려운 것이 아니라 시를 모시고 사는 마음이 어렵다. 자칫하면 유행가가 되는 사랑을 조심하라. 너와 나의 사랑은 함부로 시로 올릴 수 없다. 그러나 그래도 사랑밖에 쓰고 싶은 시가 없다. 그것이 시다. 그래서 좋은 시는 그 마지막 승부를 좋은 사랑의 시로 내놓는다. 좋은 시인은 좋은 사랑의 시인이다.

시인은 사실 거짓말쟁이다. 사랑하면 거짓말이 저절로 나온다. 정말이지 이 글을 쓰는 지금 나도 네가 보고 싶어 죽을 지경이다. 늦가을 보슬비가 마지막 버티는 알밤을 터뜨린다. 이제는 지탱하고 있을 그리움조차 바닥이 나고 나는 애꿎은 컴퓨터 자판만 독수리처럼 쪼아 댄다. 이렇게 자판을 쪼아 대니까 조금 즐거움이 생긴다는 것은 거짓말이다. 안타까움이 더할 뿐이다. 그러나 시인과 연인은 참는다. 참을 줄 안다. 사랑은 사랑이고 현실은 현실이니까.

새벽에 일어나, 하얗고 깨끗한 가운을 걸치고 한 말,
무지한 세상이 이해할 것을 믿으며,
"그런 일은 이제 없던 걸로 해요, 이제는 오늘이니까."

참는다는 말이 이처럼 피투성이 거짓말일 수 있을까. 엊저녁의 그 뜨거운 입술과 "나 너 없으면 죽어 버릴 거야!"도 이제는 없다. 그녀는 죽지 않고 살아남아 빨간 루즈를 닦고, 다시 시뻘건 입술로, "이제 없던 걸로 해요, 당신에게 부담 드리기 싫으니까……" 등등. 너무 고마워서 뼈가 으스러지는 도시 사랑의 편리함과 찢어진 타이어 바퀴.

내가 로버트 그레이브스를 최고의 사랑의 시인으로 모시는 것은 오늘을 사는 평범한 사람들이 우려내는 사랑의 뼈저린 곰탕, 갈비탕 같은 맛 때문이다. 낭만주의에 길들여진 우리 땅의 사랑의 시는 갈비탕 맛도 안 난다. 입술에 침도 안 마른 키스 맛이 곰탕 맛을 이기려 든다. 아니다. 사랑의 맛은 아무나 시에 올리는 게 아니다. 시는 인생보다 질겨서 한 번 붙으면 잘 떨어지지 않는, 거기에다 사랑의 시는 더욱 질기고 아파서 자칫하면 큰일 난다. 뼈와 허리가 아프도록 참는다는 거짓말이 이마에 붙어 주름살이 되고 시행이 된다.

그러나 사랑은 죽음과 아픔과 갖은 위험을 넘어 조용히, 아주 조용히 연인의 목을 노린다. 목을 닦지 않고 흡혈귀의 위협과 위험을 피해 보려 하지만, 사랑의 마력은 목의 때와 주먹과 무술을 넘어 벌써 가슴 안에 와 있다. 그것은 모든 강함을 부수는 부드러움의 칼과 날 때문이다. 칼보다는 아지랑이나 안개에 가까운 마약. 마약보다는 늦가을 날씨 때문인 듯한 미칠 것 같은 황홀.

그러니까 그것은 여우나 여우 목도리 같은 여성 특유의 사랑 작전이다. 아무리 늑대여도 모르는, 아무리 늑대여도 백 번 넘어가는 암컷 특유의 말 혹은 냄새 같은. 그러니까, 너무 아무것도 아닌, 너무나 상식적인, 그러나 너무 피로한 듯한, 그러니까, 너무 불투명한 목소리로 한 말, "반쯤 졸리는 눈으로, '사랑해요'".

반쯤 졸리는 눈으로, "사랑해요" 한다. 그녀는

나지막이 속삭이는 반쯤 꺼져 가는 목소리

겨울잠에 뒤척이던 흙더미가

문득 파란 새싹이며 꽃을 내밀듯,

눈은 오는데,

눈은 쏟아지는데.

아니다, 작전이 아니다, 너무 잠이 와서 작전이 아니다. 사랑은 잠이다. 잠이 올 때 사랑은 눈과 가슴을 파고든다. 그래서 사랑은 사랑 아닌 온 곳을 눈이 오게 한다. 그리고 사랑의 말을 보리 싹처럼 키운다. 그리고 눈이 오는 밤에, 눈이 퍼붓는 밤에, 눈이 쏟아지는 밤에, 새파란 사랑의 보리 싹을 내민다. 눈이 퍼부을수록 더욱 강력하게 새파랗게 솟아오르는 사랑의 느낌.

낭만적 사랑 시가 가장 많고 가장 쉽다. 노래방에서 나오는 그 많은 유행가 가사처럼. 낭만주의 사랑의 시는 죽음과 이별을 통해 이야기한다. 마치 기독교적 사랑이 죽음을 통하여 완성되듯이. 그러나 그런 사랑의 시는 오늘에 맞지 않다. 낭만적 사랑 시와 시인은 가장 먼저 죽고 가장 먼저 배신하기 때문에 가장 위선적이다. "죽도록 사랑해요"라는 말이 가장 진솔하고 가장 위선적이다. 이런 사랑이나 사랑의 시를 좋아하면 우리 건강이나 진실성에 좋지 않다. 낭만파 시인들처럼 33세 안에 죽든지…….

쉬운 이별, 슬픔의 노래보다는 그레이브스처럼 사랑의 순간의 느낌을 노래하라. 사랑의 환희의 순간이나 애틋한 애정의 느낌을 그린 시는 많지 않다. 그런 의미에서 그레이브스의 "반쯤 졸리는 눈으로" 반쯤 더듬거리며 속삭이는 소녀의 사랑의 말은 정말 매력적이다. 퍼붓는 눈발을 뚫고 가슴을 파고든다.

마지막 사랑의 시에 숨겨진 진실

1.

'보르헤스의 사랑의 시'라고 하면 보르헤스를 아는 사람들은 고개를 갸우뚱할 것이다. 인생과 우주를 미궁으로 설파한 그의 형이상학적 사고의 틀에 여자와의 감정이나 사랑 이야기가 끼어들 틈이 있었겠는가 하는 의문이 들기 때문이다. 특히 그의 대부분의 작품은 현실과 초현실의 교차나 허구와 역사의 교차와 같은 쌍곡선이 깊은 사색의 눈을 통해 현대인에게 새로운 눈을 뜨게 했다.

보르헤스는 관조의 시인이다. 그의 작품에 주관적 감정을 표현한 센티멘털리즘을 기대하기는 어렵다. 특히 한 여인을 죽도록 사랑했다든지 이별의 눈물을 흘렸다든지 하는 주제가 전혀 어울리지 않는 사람이 보르헤스이다. 오죽하면 죽기 3개월 전 자신의 비서인 일본계 여인 고타마와 결혼했을까. 이 사건도 지극히 보르헤스적이다. 병상에 누워 죽음을 앞둔 그가 신혼을 결심한다? 이는 그의 환상 소설처럼 환상적인 허구이다. 그러나 사실이다.

요컨대 보르헤스의 사랑의 시야말로 보르헤스 문학의 숨겨진 페이지를 파헤칠 수 있는 열쇠이다. 지금까지 그의 연구가나 평론가들이 그토록 열을 올려 분석했던 형이상학적 측면이나 마술적 사실주의, 메타 픽션의 선구자이기 이전에 보르헤스는 그런 생각들을 하는 재미와 슬픔을 온몸으로 살았던 한 사람이고 시인이었기 때문이다.

먼저, 그가 73세 때 낸 시집《호랑이의 황금》에서 그의 인간적 감정의 앙금이 드러나는 사랑의 시 하나를 소개한다.

라에르떼스 자식의 망명의 섬과 바다들,
페르시아인의 황금빛 달과 철학과 역사의
끝없는 정원들, 기억의 무덤의 황금.
그리고 그늘 속에 재스민의 향기.
이제 그 모든 것이 부질없다. 늘 체념으로 얼룩진
시 쓰기 연습이 너를 구원하지 못한다.
꿈의 물살도 별도 너를 구원하지 못한다.
여명은 모두 다 쓸려 간 밤에 모든 것을 잊는다.

오직 한 여인이 너의 마음을 끈다.

다른 여인과 똑같은 여인이면서 오직 하나인 그녀.

여기 무언가 달라진 게 있다. 서사시의 영웅들의 황금빛 영광은 갔다. 어느 새로운 여명도 그들을 망각의 늪에서 건져 내지 못한다. "늘 체념으로 얼룩진 / 시 쓰기 연습이 너를 구원하지 못한다. (중략) 오직 한 여인이 너의 마음을 끈다. / 다른 여인과 똑같은 여인이면서 오직 하나인 그녀". 이 여인이야말로 다른 메타포나 상징이 필요 없는, 그냥 지금 내 곁에 있는 여인이다. 나를 에워싸고 있는 시간과 공간 속의 모든 주변이 문학과 상징과 먼지와 망각의 쓰레기들일 뿐. 죽음과 망각은 그 어느 것도 용서하지 않는다. 그러나 여기 내 곁에 있는, 내 손으로 만질 수 있는 꿈이 있다. 바로 지금 내가 만나고 있는 여인이다. 모든 책 속의 여인, 모든 길가의 여인, 그가 사귀었던 그 모든 여인들과 하나 다를 바 없는 여인이다. 그러나 "그녀"는 다 같으면서 다르다. 내 눈에 나의 느낌에 그녀는 다르다.

이것은 마치 날마다 맞이하는 아침이면서도, 오늘 이 아침은 다르다는 뜻이다. 시간 속에 유일한 "이 아침", "그녀"가 있다. 그것은 어떤 논리나 객관적 분석의 결과가 아니다. 지금 "그녀"가 다른 여자들보다 평범하면서도 뛰어난 자질을 가졌단 말이 아니다. 모든 여자들보다 지금 이 여자를 제일 사랑한다는 이야기도 아니다. 그러면 왜 아무것도 아닌 "그녀"가 나의 마음을 끄는 "오직 한 여인"인가.

그것은 "그녀"가 그 많은 죽음 속에서 죽지 않고 지금 살아서, 내 손에 와 있기 때문이다. 아니다, 그게 아니다. 그 많은 영웅들을 꿈꾸던 내가 지금 패잔병으로나마 살아 있고, 늘 체념에 찬 시 쓰기 연습이나 하고 있고. 그러나 이 먼지 만들기 같은 슬픈 작업보다 내 손에 와 닿는 너의 머리칼이 서사시 속의 황금보다 더욱 절실하기 때문이다. 아니다, 그것도 아니다. 나는 너무 많은 문학으로 내 지금 이 살결의 감미로움을 놓쳤다.

내가 지금까지 여러 번 번역했던 보르헤스의 마지막 걸작을 다시 옮겨 본다.

쇠철창살 뒤에서,

그게 그의 감옥이라는 것을 생각지도 않고

이미 정해진 운명의 길을 스스럼없이 왔다 갔다 하던…….

그 뒤 다른 호랑이들이 오리라,

윌리엄 블레이크의 불의 호랑이

그 뒤에 또 다른 황금들이 오리라,

제우스의 사랑의 쇠붙이,

"드라우픈"이라 이름하던, 아홉 밤마다

아홉 금가락지를 낳고, 또 그 아홉이 또 가락지를 낳는…….

끝이 있는 것은 아니다.

세월과 함께 나를 버리고 떠난 것은

그보다 더 많은 더 아름다운 다른 색깔들.

그리고 이제 내게 남은 것은

희미한 불빛, 풀리지 않는 그림자 하나

그리고 처음의 황금.

오, 석양이여, 오 호랑이여, 오 신화와 서사시의

그 찬란한 광휘여.

오 더욱 아름다운 황금이여, 이 손길이 열망하는

그대의 머리칼이여.

많은 보르헤스 연구가들은 이 마지막 구절 "이 손길이 열망하는 / 그대의 머리칼이여"를 지나치게 과소평가한다. 한 여인이면 족했을 한 생명의 마지막 진솔성을 보르헤스의 위대성 때문에 지나쳐 보려 한다. 지구와 우주의 삶을 미궁으로 파헤친 그의 해박한 지식과 눈길 때문에, 이 광막한 상징의 바다에서 사공의 돛을 놓치고 만 것. 말하자면 우리가 처음에 인용한, 한 "슬픈 이에게" 바치는, 자기 자신에게 바치는 마지막 애가哀歌를 놓치고 있다.

보르헤스는 생각한다. 자신이 그토록 열망하던 서사시의 영웅은 무엇인가. 모두 죽었다. 문학이 기억하는 허수아비들. 그렇다면 누구나 죽을 것이라는 것을 알고 있는, 죽음이 결정지어진 인간 삶의 한계성을, 진시황도 죽음으로 마감한 인간 실존의 마지막 한계를 호랑이처럼 의연하게 맞이할 수는 없는가. 태연자약하게 주어진 길을 오가며 석양과 말갈기의 황금을 살찌울 수는 없는가.

그러나 인간은 슬픈 존재이다. 신 또한 슬프리라. 체념은 시인으로 하여금 시를 쓰게 한다. 그러나 불멸의 작품도 더 살고 싶은 '나'를 살리지는 못한다. 더구나 불멸의 작품도 망각으로 향하는 먼지일 뿐. 아무리 위대한 작품이어도 나를 죽음에서 구해 내지는 못한다. 위대하게 죽는다고 나의 죽음이 어떻게 나에게 위대할 수 있는가. 어떻게 나에게 나의 죽음이 옳은 죽음이 될 수 있는가. 어떻게 내가 죽어야 하는 게 옳은가. 그보다 누가 죽고 싶은가.

이때 보르헤스에게 사랑이 찾아 온다. 눈먼 것으로 충분한 줄 알았던 고뇌와 실존의 문턱에, 눈을 떠도 눈을 감아도 확실한 죽음과 망각의 이정표가 보인다. 서사시의 영웅도 넘보지 못할 저 세상의 어려운 문턱……. 이 세상을 맹렬하게 살아온 인생 치고 이보다 더 슬픈 결투가 어디 있으랴. 그 결투를 앞두고 보르헤스는 자기 옆에 살아 있는 따스한 살덩이의 영웅됨을 비로소 깨닫는다. 신화 속의 영웅보다 더욱 위대한 현실 속 여인의 "황금"빛 머리칼. 지금 보르헤스에게 유일한 신화는 이 현실 속의 한 평범한 여인, 이

손이 열망하는 따스한 머리칼인 것이다.

나는 이 현실 속의 여인이 그가 죽기 몇 달 전에 결혼한 일본계 중남미 여인 고타마일 것이라고 생각한다. 눈이 멀었던 보르헤스 옆에 늘 그림자처럼 따라다니고 그의 글을 받아 적어 주었던 시인의 지팡이요 손발인 사랑. 그는 죽기 여섯 달 전에 그의 환상 소설에 가까운 결혼식을 올린다. 아파서 첫날밤도 치르지 못한 신혼식을 치렀을 때 세계는 깜짝 놀랐다. 그러나 나는 알고 있다. 이 둘 사이는 벌써 오래전부터 애인 사이였다는 걸. 그녀의 머리칼은 그의 시에 나온 것처럼 "황금"빛이나 금발은 아니었으리라. 그러나 보지 못하는 모든 사랑의 시인들처럼 그의 눈에 마지막 희망이요 가장 사랑하는 사람의 머리칼은 석양빛 해를 닮은 "황금"빛으로 보였으리라.

산다는 것은 죽는다는 사실만으로도 나날의 삶이 영웅 행위이다. 그 영웅 행위에 해야 할 일이 있다는 것, 보고 싶은 사람이 있다는 것은 또 얼마나 영웅적인 일인가. 슬픈 사람에게 이보다 더 큰 위안이 어디 있는가. 사나이답게 살고 사나이답게 죽고 싶은 사람(보르헤스)일수록, 마지막 여인의 따스한 살결은 이 땅에 살아왔음에 대한 회한이며 가장 큰 축복이다. '참영웅 행위가 풀잎의 작은 흔들림이었구나'를 느끼는 순간이며, '봄바람 같은 여인의 숨결이 사막을 일깨우는 유일한 희망일 수 있었구나'를 느끼는 사람의 시간이다.

2.

앞서 말했지만 보르헤스는 사랑의 시인이 아니다. 거대한 보르헤스의 작품 전집에도 사랑의 시는 현미경을 들고 들여다보아야 할 정도로 적다. 보르헤스는 남자 중의 남자였다. 죽음과 고독 앞에 초연한, 최소한 초연하기를 바라는 아르헨티나 대평원의 가우초가 그의 영혼이다. 알 수 없는 시간과 공간의 미궁 속에서, "너는 죽을 것이다!"라는 가혹한 실존의 철창 속에서. 그러나 태연하게 왔다 갔다 하는 호랑이의 의연함, 늠름함. 이것이 바로 그가 《호랑이의 황금》에서 그토록 염원하던 지혜요 용기였다.

따라서 보르헤스의 시 세계에 가장 많이 등장하는 인간상, 남성상은 서사시의 영웅이거나 가우초, 가우초 시인, 대평원의 결투 속에 의연하게 죽어 간 사람들이다. 결국 지성인은 나약할 수밖에 없다. 인생을 진지하게 생각하면. 그러나 "너는 죽을 것이다!"라는 지표밖에 확실한 게 없다. 그런 지성인에게 가장 안타깝고 그리웠던 것은 인생에서 사나이답게 의연하게 죽어 가는 용기였는지도 모른다. 그의 작품에는 사나이의 용기에 대한 염원과 존경이 수없이 많다. 《호랑이의 황금》에도 가우초에 대한 테마가 많이 나온다. 그 중 숫자로만 된 시 두 편이 있다. 〈1891〉, 〈1929〉. 둘 다 복수의 칼을 뽑아 든 가우초의 의미 없는, 그러나 용감한 죽음이 나온다. 〈1891〉은 옛 원한을 갚기 위해, 브라질 맥주를 한 잔 걸치고 아무렇지도 않게 원수의 집을 찾아가는 가우초의 발걸음이 보인다.

몇 발자국. 그리고 사나이는 발을 멈춘다

현관에는 엉겅퀴 꽃이 하나 피어 있다.

물통에 물 떨어지는 소리가 들린다.

그리고 너무도 낯익은 목소리 하나.

그를 기다리듯

아직 그대로 열려 있는 빗장을 밀고 들어간다. 이날 밤

어쩌면 벌써 그를 죽였을지도 모른다.

시의 문맥으로 보면, 죽이러 간 그가 죽은 것처럼 보인다. 그러나 그 사실은 확실치 않다. 누가 누구를 죽였는지 모른다. 그러나 살다 보면 죽을 목숨이 죽기 전 자기가 해야 할 일을 차분히 하고 죽는 의연함이 놀랍다. 시 제목의 숫자처럼 추상적인 운명의 행사이면서 가장 인간적인 의지의 행사이다.

〈1928〉이라는 시도 비슷한 경우이다. 할 일 없이 빈둥대며 살다가 지치고 지친 몸으로 이번에는 포커 놀음에서 자기를 속인 상대를 마지막으로 죽이러 가는 장면이 나온다. 상대는 포커뿐만 아니라 칼 쓰기에도 대가인 것으로 묘사되어 있다. 칼을 빌려서, 결투를 하러 간다. 무서운 칼싸움이 벌어진다.

……. 기억 속에는 한순간이다,

단 하나 움직이지 않는 불빛, 하나의 현기증.

…….

그 많은 세월 끝에 마침내 그는

용감한 존재, 사나이가 되는 행복을 되찾았다.

숙명과 맞붙는 결투, 그 용기와 의연함을 좋아하는 남성주의자 보르헤스가 여자 때문에 울고 고민하는 장면은 서부활극에도 어울리지 않는다. 그래서 그런지 그의 시는 사랑의 테마에 매우 인색하다. 그가 스물네 살 때 처음 출판한 《부에노스아이레스의 열정*Fervor de Buenos Aires*》(1923)에서 몇 편의 사랑 시, 그리고 마지막 시집 《호랑이의 황금》에서 몇 편의 사랑하는 여인의 이미지가 그가 쓴 사랑 시의 전부이다. 그럼에도 보르헤스 연구에서 사랑의 시가 중요한 것은 아르헨티나의 대평원이나 부에노스아이레스 근교 빈민굴, 아니면 주로 책 속이나 도서관을 주제로 하고 있기 때문이다.

그러나 시인 치고 사랑의 시인이 아닌 시인이 있겠는가. 보르헤스 사랑의 시에는 그의 우주관과 시인의 살 사이의 맞부딪침을 느껴 볼 수 있다. 우리는 물론 관조의 시인에게 사랑에 대한 철학이나 관념 놀이를 기대하는 것은 아니다. 그보다는 시인의 호흡과 살냄새가 묻어나는 사랑의 체험이 미궁에 뒤덮인 우주의 도서관에 사는 보르헤스에게 어떤 파문을 불러일으키는지를 살펴볼 필요가 있다.

《부에노스아이레스의 열정》에 나오는 그이의 젊은 시절 사랑에는 이별의 아픔이나 죽음에 대한 그리움의 이미지가 나온다.

네가 멀어져 간 후부터.
얼마나 많은 장소들이 텅 비고
의미 없어졌는지 모른다, 대낮의
환한 빛처럼.
너의 모습의 보금자리였던 하오들,
항상 나를 기다리며 켜 놓던 음악들,
그 시절의 언약들,
그것들은 이제 내 손으로 모두 부서 버려야지.
그리운 너의 모습을 보지 않기 위해 나는
어느 골짜기에 나의 영혼을 숨겨야 하겠니?
석양에도 지지 않은 무서운 태양처럼
너의 모습은 환하게 잔인하게 비쳐 오는데…….
네가 없음이, 목을 조여 오는 밧줄처럼
조난자에게 덮치는 바닷물처럼

자꾸만 나를 에워싸는데.

비슷한 내용의 시가 〈이별〉이라는 시에도 나온다. "나의 사랑과 나 사이 / 삼백 날의 밤이 삼백 개의 벽처럼 일어서리라"로 시작되는 이 시는 "대리석처럼 결정적으로 / 너를 향한 그리움이 다른 하오들을 슬픔으로 물들이리"로 끝난다. 이런 시들은 시인의 구체적인 사랑과 이별의 아픔을 묘사한 것들. 다음 시집 《눈앞의 달*Luna de enfrente*》(1925)에도 〈이별〉이라는 시가 있다. "잃어버린 초원에서 돌아오는 사람처럼 나는 너의 품에서 돌아왔다 / 칼싸움의 나라에서 돌아오는 사람처럼 나는 너의 눈물로부터 돌아왔다".

그러나 같은 시집에 실린 다음 시는 좀 다르다.

축제처럼 맑은 너의 이마의 내부보다
어린애처럼 손에 와 닿는 신비롭기만 한 너의 몸의 습성보다,
말이나 고요로 채워지는 너의 삶의 나날보다 나를 기쁘게 한다.
꿈으로 속죄를 받아, 기적처럼 또 한 번 처녀가 된 너,
기억이 선택한 하나의 행복처럼 고요한 빛으로 가득한 너.
너는 너 자신도 갖지 못한 네 인생의 그 해변을 내게 주리라.
너의 고요 속에 몸을 던지고

나는 너의 존재의 마지막 바닷가를 바라보리

그리고 어쩌면 신이 너를 보듯이

최초로 너를 보는 사람이 되리라,

시간의 허구를 떨쳐 버리고

사랑도 없이, 나도 없이.

사랑하는 사람이 나의 품속에서 잠드는 것을 볼 때, 잠 속에서 꿈을 꾸는 것을 볼 때, 너는 문득 내게 낯설고 신비로운 존재가 된다. 마치 지금까지 한 번도 만난 일 없는 처녀럼 속의 "처녀"라는 느낌이 든다. 나는 태초의 신이 너의 신비로운 존재를 물가에서 보았듯이 새로운 눈으로 너를 본다. "시간의 허구를 떨쳐 버리고", 내가 너를 사랑한다는 구차한 욕망이나 이유를 떨쳐 버리고, 우주의 공간 속에서 하나의 별과 또 하나의 별이 우연히 만나는 것 같은, 인연의 신비로움. 그 공간에 비친 낯설고 아름다운 너라는 존재……

이렇게 해서 보르헤스의 젊은 시절의 사랑은 그의 시 속에서 막을 내린다. 그는 모든 젊은이들처럼 사랑의 행복과 이별의 아픔, 온 세상을 뒤덮는 그리움의 면적을 경험한다. 그리고 사랑스러운 한 소녀의 꿈을 안고, 그 침범할 수 없는 존재의 바닷가에서 최초로 낯설고 신비스러운 "너"를 발견한다. 이미 보르헤스의 사랑의 체험은 형이상학적 해변을 거닐기 시작한다.

나는 앞에서 이미 인간 보르헤스의 마지막 결투, 마지막 영웅 행위로서의 사랑 체험을 이야기했다. 그는 인생의 종말에서 다시 그 잃어버린 여인을 생각한다.

어디 있을까, 잃어버린 페르시아 선조나 노르웨이 조상,

내가 봉사가 안 되었을 그런 우연은 어디 있을까?

어디에 바다가 있고 어디에 닻이 있을까? 어디에

내가 나라는 것을 망각할 힘이 있을까?

문학이 원하던 것처럼, 고되고 무식한 날이

거치른 농부에게 베푸는 그런 순연한 밤은 어디 있을까?

또한 나는 생각한다, 나를 기다리던 여인을

어쩌면 지금도 나를 기다리고 있을 그 여자 친구를.

(중략)

해질 무렵에는 나의 발길을

막는……. 하루의 일정이 끝나면

하루하루가 흩어져 갈 때

사랑의 밤의 평화 속에

기다리던 목소리 하나 나를 기다렸으리.

이제 그런 일은 없다. 나의 길은 다르다.

희미한 시간들, 맑지 못한 기억,

문학의 과소비와, 마침내 그 끝에

맛 들이기 힘든 죽음이 기다린다.

오직 하나 그 비석만을 원하노라,

오직 하나, 추상적인 두 날짜와 망각을.

인생과 사랑이라는 꿈과 희망의 전쟁터에서 겸손하게 물러선 한 늙은 전사의 비탄 소리가 들린다. 운명은 많은 길들을 젖혀 놓고 꼭 이 길을 가게 했다. 확실한 것은 불확실하고 불가능한 것과 출생일, 사망일을 적은 "추상적인 두 날짜"뿐. 거의 지워져 가는 문패처럼 적힌 "H. O."라는 이니셜과 사망 연도를 적은 앞 가우초들의 용맹스러운 죽음의 시가 슬픈 망각의 이정표처럼 아프다.

죽음을 앞두고 보르헤스에게는 또 하나의 무서운 도전이 기다린다. 보르헤스의 《호랑이의 황금》에서 가장 "고귀한 황금"은 "나의 손이 갈망하는 / 너의 머리칼"이거나 "어둠 속에 너의 입술의 / 스침"이다. 그러나 그 "황금"은 내가 죽은 뒤까지 가지고 갈 수 있는 황금이 아니다. 그때 내가 가지고 갈 수 있는 것은 망각뿐. 이 "황금"은 조용히 체념으로 죽어 가려는 나에게 살라고, 살아야 한다고, 살아야 이 "고귀한" 아름다움을 독차지할 수 있다고 위협한다. 죽음은 이미 나를 에워싸고 아우성치는데, 여기 살아 있는 자가 있다고, 사랑을 사는 자가 있다고, 사랑하기에 주고 싶지 않은 자가 있다고, 죽음의 신에게 밀고한다. 한 여인이, 나를 사랑에 빠트린 한 여인이……

사랑의 감옥의 벽들이 커진다, 무서운 꿈속에서처럼. 아름다운 가면이 바뀌었다. 그러나 항상 유일한 얼굴. 나의 부적들이 무슨 소용이 있으랴. 나의 문학 행위, 희미한 지식, 바다와 칼을 노래하기 위해 사나운 북구인들이 사용했던 말들을 배운 것이 무슨 소용이랴. 조용한 우정, 도서관의 서고들, 일상의 일들, 옷들, 나의 어머니의 젊은 연인, 나의 죽은 이들의 그림자, 시간을 잃은 밤, 꿈의 맛이 무슨 소용 있으랴!

너와 함께 있거나 너와 함께 있지 않는 시간이 내 시간의 크기이다.

이미 물통은 우물 위에서 부서진다, 아니 그 사람은 새 소리에 일어난다. 창문으로 보던 사람들도 어둠 속에 묻혔다. 그러나 어둠은 평화를 가져오지 못했다.

이게 사랑이다. 이미 알고 있다. 초조와 너의 목소리를 듣는 즐거움, 기다림, 추억, 계속 이 모양 이 꼴로 살아가야 한다는 것의 소름끼침.

이것이 사랑이다. 사랑의 신화들과, 사랑의 부질없는 작은 마술들.

내가 감히 지나가지 못하는 골목길이 하나 있다.

이미 군대가, 병정 무리가 나를 에워싼다.

(이 방은 비현실적이다. 그녀는 이 방을 보지 못했다.)

한 여인의 이름이 나를 밀고한다.

한 여인이 내 온몸에 아프다.

3.

이미 이 세상 사람이 아닌 보르헤스의 사랑의 에피소드를 이야기할 생각은 없다. 이 시가 자신의 사랑 이야기를 하고 있지는 않으니까. 내가 보르헤스의 '마지막 사랑'에 대하여 연구한 일은 있지만, 거기 그 사랑의 바탕이 되었던 엄청난 사랑의 진실을 말하지 않은 것 같다.

보르헤스는 자기 인생의 마지막을 자신의 동반자였던 일본계 여인이자, 애인이고 비서였던 고타마에 대한 사랑으로 끝낸다. 보르헤스의 그 많은 철학과 문학, 특히 서사시적 영웅에 대한 열망과 드라마는 단 하나의 살과 뼈의 보드라움 앞에 눈물겨울 만큼 아름다운 감동으로 마감한다. 후기의 마지막 시편들은 그가 존경했던 그 많은 신화의 영웅들보다 자신 곁에 아직도 살아 숨 쉬는, 본인의 손에 걸리는 따스한 "머리칼"이 유일한 영웅이고 위안이었다.

살아 있는 순간은 지금 숨 쉬고 있다는 자체만으로도 죽음 앞에서의 영웅 행위이다. 나와 똑같은 나이, 똑같은 생각, 똑같은 얼굴도 지금 이 시각 무덤 속에 있다. 인간의 숙명은 논리와 상상과 우연 밖에 있다. 그것은 우리 모두의 태어남이 논리와 상상 밖에 있음과 같다. 말하자면 지금 이 글을 읽고 있는 당신이나 이 글을 쓰고 있는 나의 이 우연한 만남의 인연은 초현실적이다. 지금 당신이 없을 수도 있고, 아니면 내가 엊그제 돌아가신 미당 선생이 될 수도 있으니까.

이건 전혀 이상한 일이 아니다. 사람은 변한다. 변심할 정도가 아니라, 변심했다는 이야기를 할 시간조차 허락하지 않는다. 더욱 지겨운 것은 변심했다고 말하고 다시 돌아서게도 한다는 것이다. 이런 시간의 횡포 앞에 사랑의 진실은 아픔만 현재이다. 이야기가 이렇게 장황한 것은 그만큼 보르헤스의 시구는 짧고 감동은 길기 때문이다.

스페인어 텍스트로 되어 있는 한 시는 그 제목부터 프랑스어로 되어 있어서 우리에겐 귀찮게 느껴지기도 한다. 그 시의 제목을 해석해 보면, "헤라클리터스의 후회". 그러나 그 어느 해석도 스페인 사람에게는 낯설고 아프다. 보르헤스가 라틴어에서 스페인어로 옮긴 부분을 우리말로 옮기면 이렇다.

"나는 수많은 사람이 되어 보았다. 다만 단 한 사람, 내가 죽어도 될 수 없었던 한 인간이 있었으니, 가슴에 안겨 죽어 가는 마띨데 우르바흐를 품에 안고 있었던 그 사람."

물론 나의 번역에는 나름대로의 감정이 실려 있다. 그러나 보르헤스의 번역 텍스트는 잔인하리만큼 해설이 없다. 다시 번역하면 이런 식이다. “나는 수많은 사람이 되어 보았지만, 한 번도 / 가슴에 마띨데 우르바흐를 가슴에 안고 죽어 가는 일을 겪어 본 그 사람이 된 일은 없다.” 원시의 말투는 마치 피고가 재판관 앞에서, “저는 마띨데가 죽어 갈 때 그녀를 품에 안고 있었던 일이 없는 사람이에요!”라고 알리바이를 주장하는 소리처럼 들린다. 이 말 한마디로 피고는 충분히 무죄가 성립될 수 있는 말이다.

그러나 이 말은 법정에서 한 말이 아니다. 시詩다. 즉 시인의 마음에서 우러난 소리이다. 시인은 법정에서라도 자신이 마띨데가 죽어갈 때 안고 있었던 사람이 아니라고 증언하고 싶어 한다. 세상에 별별 사람, 별별 일을 다 해 보았지만, 그 짓만은 하고 싶지 않았고, 했어도 끝내 부정하고 싶은, 아프디 아픈 속마음의 절규……. 인간이 어떻게 사랑하는 사람이 죽어 가는데, 그것도 자기 품속에서 내 목숨보다 사랑하는 나의 사람이 숨을 거두어 가는데, 이렇게 아무것도 할 수 없는가. 어떻게 이런 일을 눈앞에서 내 손으로 저지르고도 아직 사람이라고, 그 죽음이 이토록 슬프다고 할 수 있는가.

그렇다. 사람이 못할 짓이 있다. 바로 사랑하는 마띨데가 죽어 가는 것을 품에 안고도 아무것도 할 수 없었던 몹쓸 인간인 나……. 그 후회와 참회는 절망보다 아픈 인간 실존의 절규로 남는다.

그러나 그 "절망의 절규"는 수많은 플라스틱 봉지에 싸여 있다. 첫째는 그 말투에서 자기 죄를 변명하듯 "저는 그 죄인이 아니에요" 하는 식의 무관심한 표정. 둘째는 옛날 어느 잊힌 시집에서 끌어온 두 시구라는 현학적이고 사무적인 인용 주석. 셋째는 쓸데없는 프랑스어 제목 붙이기. 거기에다 이 시는 보르헤스의《창조자*El Hacedor*》(1960)라는 창작 시집에 나온다는 것. 보르헤스는 자기 시도 아닌, 자기 감정에서 나온 것도 아닌, 심지어 자기는 알지도 못했던 이상한 애인 마떨데 우르바흐의 아픈 죽음의 낱낱의 사실을, 그것도 너무 아파서 기억하고 싶어 하지 않는 옛 시인의 아픈 기억을 자기 시라고 싣고 있다.

누가 누구의 아픔이라며 이걸 보고 아파할 것인가. 그러나 정말 아프지 않은가. 길거리에서 지나친 어느 이름 없는 용사의 비문의 한 구절처럼 일생 동안 뼈를 파고드는, 이해할 수 없는 나의 아픔의 역학들. 보르헤스의 시학은 이렇게 어려운 나의 마음을 뚫고, 자기도 모르고 나도 모르는 어느 옛 시인의 법정 증언 한마디를 자기 시로 옮기면서, 시간과 공간, 사람을 넘어선 아픔의 현주소를 너와 나의 심장 언저리에서 찾고 있다.

사랑은 죽음을 지배한다

아르헨티나의 아방가르드 시인 마세도니오 페르난데스는 여러 면에서 특출한 시인이다. 첫째, 이미지즘이 한창인 시절에 관념어로 시 쓰기를 고집했던 소신파였다는 점. 둘째, 시인들에게 가장 흔한 테마인 사랑과 죽음에 대하여 평범하면서도 범상치 않은 몇 편의 걸작을 남겼다는 점이다.

현대시에서 가장 성공하기 어려운 이런 고전적 시법이나 테마를 고집하면서도 그의 시가 보르헤스를 비롯한 오늘날 중남미 시인들에게 기억되는 이유는 무엇일까. 그것은 그의 시에 대한 믿음과 진솔성이 다른 어떤 편견을 벗어나 독자들에게 호소력이 크기 때문이다. 유치하리만큼, 그러나 참으로 진지한 단조로운 시 하나를 먼

저 감상해 보자.

평범하기 이를 데 없는, 단조롭기 이를 데 없는 이 시가 힘을 발휘하는 것은, 죽음이니 삶이니 사랑이니 하는 상투적 시어가 만드는 전투적 진솔성이다. 이 시에서 이들 상투적 언어들은 별 뜻이 없다. "없지"라는 의지적 용어의 반복이 만들어 가는, 죽음 앞에서의 잠들지 않는 불굴의 의지와 절규가 자아내는, 눈물겨운 사랑에의 소망과 기대…….

페르난데스는 이런 말을 한다. "나는 사랑하는 사람들의 죽음을 믿지 않는다. 사랑하지 않는 사람들의 살아 있음도 믿지 않는다". 사랑은 불멸에 이르는 길인가? 아니다. 페르난데스도 그렇게 생각하지는 않는다. 그러나 한때 그렇게 "생각했었지"라는 것일 뿐. 사랑하는 순간에 그런 생각을 안 해 본 사람이 어디 있겠는가.

마세도니오 페르난데스 · 사랑은 죽음을 지배한다

페르난데스의 목소리에는 "좋은 시"를 뒤엎고 진솔성 하나로 승부를 거는 시에 대한 믿음이 메아리친다. 그만큼 그의 시는 철학자적이며 남성적인 말투 안에 어떤 숙명을 예감하는 비극적 힘이 있다. 인생을 진지하게 생각하면 늙음과 고독과 죽음뿐.

지금같이 살아 있는 느낌의 다른 날들을 내게 다오.
아, 그렇게 빨리 나를
없는 사람 취급하지 말아 다오,
나에게조차 내가 없는…….
나의 "오늘"을 가져가지 마!
난 아직도 내 속에 머물고 싶다.

사랑하던 눈으로부터
사랑의 눈길이 떨어져 내릴 때,
그리고 산다는 것을 바라보는 일만 남을 때,
죽음이 느껴진다.
그것은 죽음의 그림자를 바라보는 일.
죽음은 홍조 띤 두 볼을 빨아먹는 벌이 아니다.
이것이 죽음이다. 바라보는 눈길 속에서 잊혀 간다는 것.

오직 너만을 사랑해

뻬드로 살리나스의 사랑의 시에서처럼 평범한 말 속에 깊은 사색과 가슴 떨림이 함께 하는 시는 없다. 그만큼 깊은 사랑의 경험이 있었다고 한다. 미국 보스턴의 한 여자 대학교 교수 시절 젊은 여학생과 뒤늦은 사랑에 빠졌다든가……. 그렇다. 좋은 시집도 두 번 읽을 때 맛이 더하듯이, 나이 들어 눈뜬 사랑이 더욱 깊고 향기롭다. 그것은 이미 깨달음에 가까운, 깊은 곳에서 울려 나오는 참눈뜸의 소리들이다.

살리나스의 대표 시집 《우화와 기호》(1931), 《너로 인한 목소리》(1934), 그리고 《사랑의 말》(1936)은 시인이 사십이 넘어 경험한 절절한 사랑의 밀어로 가득 차 있다. 그중 가장 쉬운 말로 그려 낸 사랑의 경이감, 사랑의 물음표의 현장을 체크해 보자.

너를 본다,

네가 오가는 것을 본다,

너, 너의 그 높은 키

불길의 끝이 연기로 끝나듯

목소리로 끝나는 너의 몸뚱어리,

손에 잡히지 않는, 대기에 머무는…….

그렇다. 너에게 묻는다,

너에게 묻는다, 너는 무엇으로 되어 있는가,

누구의 것인가

그러면 너는 두 손을 벌리고

나에게 보여 준다,

그 높은 너의 키를,

그리고 말한다, 너는 나의 것이라고.

너를 향한 나의 물음은 끝이 없다.

사랑하는 이의 키는 이렇게 높고 크다. 동양에는 인연因緣이라는 말이 있다. 그 인연의 현묘함을 체험할 때가 사랑할 때이다. 손끝이 스치는 것도 천 년의 인연이라는데……. 너는 얼마나 많은 인연의 구름과 안개를 타고 나에게 왔는가. 눈에 보이지 않는, 손에 잡히지 않는 너의 발자국과 너의 키가 하늘처럼 높고 깊다.

서양인인 뻬드로 살리나스에게는 인연의 현묘함보다, 너를 볼 때 느끼는, 나의 사랑의 눈에 비치는, 보이지 않는 너의 높은 키에 대한 사색이 있다. 불길 끝이 무형의 연기로 끝나듯, 너의 몸에는 내 눈에 보이지 않는 무형의 큼직함이 느껴진다. 어쩌다 네가 "뻬드로……" 하고 다정하게 부를 때, 나는 그 목소리에서 모든 너의 몸을 몸으로 느낀다. 특히 네가 "나는 네 거야!"라고 할 때의 그 알 수 없는 큼직한 소유의 쾌감…….

모두 부수고, 시간이 없는

하늘로 대치한다.

여름과 겨울이 무너져 내린

쓰레기더미 사이를

너도 걷고 나도 걷는다.

법칙과 무게가 사라진다.

모든 것이 뒤로 물러난다, 삶은

미친 듯이, 위로부터

수백 년의 무게를 떨쳐 버린다

전에는 느리기만 하던 삶의

걸음걸이가 질주하며 풀려 간다

역사를 지우고 싶은

열망으로 허덕인다,

모두 다시 시작하고 싶은

순수한 열망뿐. 미래의

이름은 어제. 어제는

아주 은밀하게 숨어서

우리를 잊었다.

그리고 우리는 피와 영혼으로

그 다른 어제들 사이

낯익은 어제들을 다시 찾아야 한다.

뒤로, 항상 뒤로!

현기증 나도록 후퇴하면서

안으로, 내일로 가자!

모든 게 무너지리라! 이제

아무 느낌도 없다. 가자,

너와 나,

입맞춤의 힘으로

꽃과 질서의 위대한 실패 사이로

손과 세상의 폐허를 창조하자.

이제 너를 포옹하며

손가락 사이로 너의

살결을 느낀다. 너의

살결은, 세상 이전의 빛도 없는

모양도 없는 완전한 혼돈의

첫 숨결의 떨림으로

나를 돌아가게 하노니.

  사랑은 커다란 재앙災殃을 예고한다. 그것은 사랑을 알고 난 내 마음속의 대변혁. 아무것도 필요 없다. 역사도 내일도 꽃도 행복도 체면도 질서도. 내게 필요한 것은 오직 지금 이 시각 이곳의 너뿐. 어떤 하늘 같은 절대의 순간이 너를 만나는 순간이다. 너를 만나면 시간은 흐름을 멈추고, 평생 알고 있었던 것 같은 우리의 낯익은 어제로 돌아가고 싶어 한다. 우리는 그렇게 어제도 오늘도 내일도, 항상 깊이 사랑하리라.

  사랑에는 역사가 없다. 오직 현재뿐. 지금의 너는 어제의 너이며 내일의 너이며, 그 알 수 없는 혼돈 속 뚜렷한 느낌으로 내게 전해 오는 영원한 현재의 너이다. 너를 만나면 세상 모든 것을 잊고, 세월을 잊고, 모두 다시 시작하고 싶은 마음뿐. "이제 너를 포옹하며 / 손가락 사이로 너의 / 살결을 느낀다". 살결의 파닥거림을 느끼며, 태초 생명의 혼돈스러운 신비 속으로 나를 빠져들게 한다.

그러나 사랑은 사랑밖에 구원을 모른다. 그것은 우주의 엄청난 비밀의 발견이요, 항상 소리치는 바다를 아는 일이기도 하다. 사랑하는 사람이 산과 바다를 좋아하는 것은 그 아름다운 자연이 자신의 사랑하는 마음을 가장 잘 말해 주기 때문이다. 살리나스의 다음 시는 사랑한다고 고백해도 다 말할 수 없는 가슴속 큼지막한 사랑과 바다를 이야기하고 있다.

너에게 사랑한다고 말하는 것은 사실 별 거 아니지

속으로 너를 사랑한다고 느끼는 순수한 진실에 비하면…….

내가 혼잣말로 너를 사랑한다고 말하면

말하지 않는 말의 깨어남 같은

벌거숭이 태어남 같은 느낌…….

아무도 모른다는, 너조차도 모른다는 생각도 않고

나 혼자서 사랑한다고 하는 말…….

다들 내가 사랑한다 말해

하늘도 새하얀 백지들도

은밀한 밤이 눈을 뜰 때

우연히 들리는 음악 소리들까지.

내가 거울을 보면

내가 보는 건 내 얼굴이 아냐, 사랑하는 모습이 보여.

세상을

건너가면서 보면, 온 세상이

내가 너를 사랑한다고 말해

소리치거나 속삭이면서 말이야.

때때로 나는 너에게 사랑한다 말하지.

하지만 너는 "너를 사랑해"라는 말이

하나의 기호, 말꼬리 하나, 최소한의

표현밖에 아니라는 것을 결코 모를 거야.

결국 깨지고 만 하나의 물결, 물결이 전하는 말

파도 소리거나 하얀 거품 같은

입 다문 커다란 사랑, 온 바다 전체에서 떨어져 나온

파도와 거품 같은…….

　　그러나 뻬드로 살리나스가 스페인 현대시의 최고의 사랑의 시인으로 꼽히는 것은 그의 목소리에 담긴 무서운 진솔성 때문이다. 그의 사랑의 장시집 《너로 인한 목소리》 속의 〈대명사〉(494~521행)를 읽으면, 숨이 콱 막힐 정도로 사랑하는 마음의 진실이 메아리친다.

뻬드로 살리나스 · 오직 너만을 사랑해

모든 것 다 버리고 오직 너만을 사랑하는 무명武名, 무명無明이 될 거라고. "오직 너만을 사랑해!"는 고유명사를 부르지 않는다. 그것은 이름보다 더 깊은 대명사. 모두 다 버리고, 다 벗고, 텅 빈 충만으로 가득한 "너", "너"라는 대명사. 그리고 그 앞에서. "나야, 나, 내가 왔어!"라고 소리치는 더운 깨달음의 공허한 울림. 마치 옷을 모두 벗고 오직 사랑을 위한 구도의 길을 가는 스님의 결연한 목소리를 듣는 것 같다.

　　그냥 대명사 속에 사는 기쁨

　　그 기쁨이 최고!

　　옷들을 벗어, 그 주소며

　　사진이며 다 벗어.

　　내가 네게 원하는 건 그게 아냐,

　　항상 다른 것의 가면을 쓴

　　항상 누구네의 어떤 것의 딸.

　　내가 사랑하는 너는

　　순수한 너, 자유로운

　　다른 아무것으로도 설명될 수 없는 너, 바로 그 너야.

　　온 세상의

모든 사람들 중에 내가 너를 부르면

나는 알지

오직 너만이 나의 너라는 걸.

그리고 네가 물으면

너를 부르는 사람이

너를 자기로 사랑하는 사람이

누구냐고 물으면

난 모든 이름들을 다 묻을 거야

간판이며 역사며 다 묻을 거야.

내가 태어나기 전부터

나에게 씌웠던 모든 것들을 다 부술 거야.

그리고 마침내 벌거숭이의

돌의, 처음 세상의

영원한 무명으로 돌아가,

네게 말할 거야

'나야 나, 내가 너를 사랑해.'

사랑의 손길은 끝이 없다

1.

사랑의 시인이라는 말만큼 네루다에게 가장 잘 어울리는 정의는
없을 것이다. 초기 《스무 편의 사랑의 시와 한 편의 절망의 노래》
(1923~1924)에서는 순수 사랑의 서정 시인을, 《총가요집》(1938~1949)에
서는 민중에 대한 사랑을 구가한 혁명가를, 《대장의 시》(1951~1952)
에서는 사랑과 혁명을 함께 산 시인의 피투성이 육성을, 그리고 후
기 1950년 이후의 《원초적 송가》에서는 작고 산문적인 일상적 사
물에 대한 깊은 사랑을 노래한다.

　　나는 이미 《마추삐추의 산정》이라는 네루다의 시 번역서도 냈
고, 몇 편의 연구 논문도 있던 터라서, 여기서 이데올로기 냄새가

짙은 사랑의 테마를 다룰 생각은 없다. 그의 모든 시들이 깊이와 진솔성에서 한없는 매력을 지녔지만, 특히 사랑하는 여인에 대한 절절한 연모의 정을 다룬 시들은 일품이다.

실제로 네루다를 일약 스타덤에 올려놓은 시집은 그의 나이 스무 살에 출간한 《스무 편의 사랑의 시와 한 편의 절망의 노래》이다. 빠블로 네루다의 전기를 다룬 영화 〈우체부*Il Postino*〉에서 보이는 네루다의 이미지도 처음에는 그냥 사랑의 시인이다. 그만큼 네루다의 사랑의 시는 당시 낭만주의적 감상에 심취해 있던 독자들에게 강렬하고 신선한 새로운 이미지를 선사했다. 이미 상징주의를 넘어서 초현실주의에 가까운 영상미가 돋보인 것도 이 시집에서이다.

이때의 네루다 시는 평범하면서도, 뜨거운 가슴과 무서운 용기를 보여 준다. 번호만으로 매겨진 20편의 사랑의 시와 한 편의 절망의 노래. 다음은 그중 6번의 시이다.

그 마지막 가을날의 네 모습으로 나는 너를 늘 기억한다.
너는 회색 모자, 조용한 가슴, 그것이었지.
너의 눈동자 속에서는 노을의 불길이 싸움을 벌이곤 했었지.
그리고 낙엽이 너의 영혼의 물에 떨어졌지.

(중략)

나는 너의 눈이 방황하는 것을 느낀다. 가을은 멀다.

회색 모자, 새소리 같은 말소리, 조용한 가슴을 향해

나의 깊은 열망들이 철새처럼 떼 지어 날아가곤 했었지.

나의 입맞춤은 불똥처럼 즐겁게 떨어지곤 했었지.

배에서 바라본 하늘, 언덕에서 바라본 들판.

너에 대한 기억은 빛과 연기와 고요와 연못!

너의 눈동자 멀리 노을은 자꾸만 불타오르고

가을의 마른 잎들이 너의 영혼 속에서 맴돌고 있었지.

만나고 헤어진다는 것이 무슨 이유가 따로 있으랴. 인연은 더러 우리를 만나게 하고 더러 헤어지게 한다. 만남과 헤어짐 사이 가장 인간적인 감정은 아쉬움과 그리움이다. 너는 "가을"에 왔기에 가을 낙엽과 함께 가 버린 사람. 내가 기억하는 것은 그 "회색 모자, 조용한 가슴". 그 "회색 모자"는 그때 네가 즐겨 쓰던 모자이면서, 어쩌면 "회색"빛 슬픔을 간직하고 온 사랑이었는지도 모른다.

너의 안온한 눈길 속에 노을은 불타오르고, 그것은 어쩌면 우리의 사랑의 불길보다 어둠을 예고하는 저녁노을이었는지도 모른다. 너를 향해 날아가던 나의 깊은 열망들, 그리고 너를 만나면 나의 입맞춤은 마냥 즐겁기만 했었지. 그것이 이별의 아픔일 수 있다는 것도 잊고……. 그렇듯, 이제 "너에 대한 기억은 빛과 연기와 고요와 연못". 연기 같은 인연의 빛과 그림자. 그리고 미워할 수 없는 연못의 고요, 그런 너의 모습…….

네루다의 《스무 편의 사랑의 시와 한 편의 절망의 노래》는 처음으로 한 여인에게 느낀 깊은 사랑의 이야기를 시로 펴낸 책이다. 평론가들이 한때 '신낭만주의' 시로 평가했던 이들 사랑의 이미지들은 그 비약이 현기증을 불러일으킨다. 예를 들어, 사랑의 하소연과 나의 애끓는 목소리가 너의 팔에 휘감기는 "팔찌"가 된다면?

네게 내 마음을 전하려고

나의 말소리는

때때로 해변의 갈매기 발자국처럼

가늘어진다.

포도송이같이 보드라운 너의 손길에

취한 딸랑 벨소리, 팔찌.

(중략)

그렇게 사랑의 하소연은 젖은 벽들을 타고 오른다.

그리고 이 모든 피투성이 놀이의 죄인은 바로 너.

그 아픈 말들은 나의 어두운 둥굴로부터 도망친다.

모든 것을 네가 채운다. 모두 채운다.

너 이전에 그 말들이 지금 네가 차지한 그 고적한 공간에 살았었
지.

그곳은 너에게보다 나의 슬픔에 더욱 길들여져 있던 곳.

이제 나의 말들이 너에게 나의 마음을 전하게 하고 싶어.

네가 내가 원하는 것처럼 내 말을 들어 주도록.

번뇌의 바람이 때때로 나의 말들을 휩쓸어 가기도 해.

꿈의 폭풍이 때때로 나의 말을 뒤엎기도 해.

나의 고통스러운 목소리에서 너는 다른 목소리를 듣는 거야.

오랜 입들의 울음소리, 오랜 갈망의 피 소리.

나를 사랑해 다오, 여인아. 나를 버리지 마. 내 말을 따라.

나를 따라와, 여인아, 그 고뇌의 파도 속에서.

그러나 나의 말소리는 너의 사랑으로 물들어 간다.

네가 모든 것을 채운다. 모두 채운다.

나는 나의 모든 말들로 끝없는 팔찌를 만들어 간다,

포도송이처럼 보드라운 너의 하얀 손길을 위해.

이만큼 애절한 사랑의 고백을 들어 본 일이 있는가. 물론 모든

사랑의 고백은 떨리고 두렵고 고뇌에 차 있다. 그러나 그토록 형언할 수 없는 감정의 무늬를 이처럼 어려운 이미지들을 동원하여 아름답게 형상화하고 있다. 이 시에서 가장 많이 동원한 수사법은 바로 공감각共感覺, synaesthesia이다. 사랑을 호소하는 말소리를, "해변의 갈매기 발자국처럼" 가늘고 조심스럽고 애절하게 시각화한다.

네루다는 이 시의 공감각 사용에서 주로 청각을 시각화하여 사랑의 목소리를 다른 시각적 이미지로 바꾸어 표현하는 데 성공하고 있다. "포도송이같이 보드라운 너의 손길"이라는 표현은 선정적이고 구체적이어서 좋다. 그런 이미지도 물론 너의 모습 전체를 "손길"로 묘사한 환유metonimia에 속하지만. 그러나 네루다의 시에서 이런 공감각의 운용이 지나치게 주관적이라는 데 그의 시의 어려움이 있다.

예술적 표현에서 공감각의 사용 중 가장 흔한 것이 공간과 시간의 공감각이다. 그곳이나 그때나 다 같은 뜻으로 사용한다. 예를 들어, "거기서는 몰랐어"는 "그때는 몰랐어"와 같은 뜻이다. 그러나 네루다의 경우는 "나에게 나의 말소리 또한 멀리 보인다"라고 말할 정도이다. 이런 표현에는 두 가지 수사법이 작용했다. 그 하나가 환유. 즉 나의 말소리는 나의 일부인데, 그 일부를 객관화했다. 그리고 바로 '말소리'라는 청각을 '바라볼 수' 있는 어떤 것처럼 시각화했다.

그러나 이 어려운 수사법은 결과적으로 사랑을 호소하는 한 남자의 말소리를 되도록이면 그녀 가까이 가져가고 싶은 애절함을 느끼게 한다. 내 마음과 멀리 떨어져 보이는 그녀에게 다가가기 위해서는 내 말이 나에게서 멀어질 수밖에 없다. 작은 너의 가슴에 나의 말이 들리게 하려면 나의 말소리 또한 "해변의 갈매기 발자국처럼"처럼 가늘어지고 조심스럽고 안타까울 수밖에 없다.

그렇다. 한 여인을 사랑할 때 우리는 우리 마음의 모든 고독과 아픔의 구원처가 있음을 느낀다. 그것은 어쩌면 나 스스로의 삶의 고뇌, 그것이었는지도 모른다. 그러나 그녀를 사랑하면서부터 나의 고독은 더욱 짙어지고, 나의 아픔은 더욱 견딜 수 없는 것이 된다. "이 모든 피투성이 놀이의 죄인은 바로 너"라는 표현은 너를 "죄인"으로 몰기 위한 수작이 아니다. 나에게는 내 존재의 모든 고뇌가 너만 들어 주면 모두 풀릴 것 같은 열망뿐이기 때문이다. 그 아픈 나를 채워 주는 너. 그래서 사랑하는 느낌은 늘 기적을 사는 즐거움.

사랑할 때 우리는 흔히, "이제부터는 너만을 위해서 살겠어"라고 말한다. 이런 사랑의 말들은 모두 네루다의 표현을 빌리면, "나의 모든 말들로 끝없는 팔찌를 만들어 간다"이다. 내 눈에 그토록 예쁘게 보이는 "포도송이처럼 보드라운 너의 하얀 손길을 위해".

네루다는 사랑을 그 깊이에서 체험한다. 사랑하는 사람과 함께 있는 즐거움 또한 문득 이 여인이 내 곁에서 금방 사라질 수도 있다는 안타까움일 수 있다.

모든 사물들이 나의 영혼에 가득 차 있어서

너는 그 사물들로부터 문득 솟아나는 거야, 내 영혼을 가득 싣고.

꿈의 나비, 너는 나의 영혼을 닮았어.

너는 어쩌면 우수憂愁라는 말을 닮았어.

네가 말이 없을 때 나는 네가 좋아, 너는 꼭 없는 것 같아.

너는 사랑에 취한 나비처럼 안타까워 울고 있는 것 같아.

내 목소리는 멀리 들릴 거야. 그리고 내 목소리는 너에게 들리지 않지.

너의 침묵과 함께 나도 말을 안 할래.

아냐, 너의 침묵에게 나도 말을 나눌 거야.

등불처럼 환하게, 가락지처럼 소박하게.

너는 밤과 같아. 그렇게 말이 없고 그렇게 별이 많은.

너의 침묵은 별밤, 그렇게 멀고, 그렇게 소박한.

네가 말이 없을 때 나는 네가 좋아, 네가 꼭 없는 것 같아.

네가 갑자기 죽은 것처럼 아프고 멀게 느껴지는 거 있지.

그때 한마디 말, 하나의 미소면 돼.

그러면 나는 기쁘지, 기쁘고 말고, 네가 죽은 게 사실이 아니라는 걸 알았으니까.

사랑을 하게 되면 사랑하는 삶이 땅에 꺼질까 하늘로 날아갈까 걱정이 된다. 네가 말이 없으면 나는 무섭다. 그러나 그게 사실이 아니라는 것을 깨달았을 때의 안도감, 그 즐거움……. 그것이 사랑하는 순간의 천당과 지옥을 오가는 즐거움인 것. 눈앞에 보고 있어도 그리운 사람을 아는가. 보아도 보아도 눈에 안 보이는 너를 아는가. 그게 사랑이다, 그런 느낌을 살아야 사랑을 살고 있는 것이다!

2.

떼루사와 로사우라라는 두 소녀가 《스무 편의 사랑의 시와 한 편의 절망의 노래》의 살과 뼈를 가진 뮤즈였다면, 1950년대부터는 마띨데 우르띠아가 네루다의 평생 연인이 된다. 스페인 내전에 공산당으로 참여한 네루다가 이탈리아로 피신했을 때 만난 칠레 여인이 마띨데이다. 영화 〈우체부〉에서 이탈리아 어느 바닷가 한적한 어촌 마을에서 동반자로 나온 여인이 바로 그녀이다.

그때 네루다에게는 스페인 내전 중 마드리드에서 재혼해서 이미 18년을 같이 살았던 부인 델리아 델 까르릴이 있었다. 연구자의 계산으로는 네루다에게 다섯 번째 여인인 마띨데 우르띠아가 시인의 가슴에 사랑의 불을 지핀다. 네루다는 부인 델리아에게 상처를 주지 않기 위해서 마띨데에게 바치는 서간문체의 시집 《대장의 노래 *Los versos del capitán*》를 익명으로 1952년 나폴리에서 출간한다. 다음 해에 부에노스아이레스에서 다시 출판했을 때에도 시인 이름은 없었다.

이 시집은 작가가 이름을 숨겼을 뿐 아니라, 스페인 내전에서 공산당 여장군 "빠시오나리아" 군대의 대장, 혹은 대위 계급 군인의 사랑을 기록한, 스페인 사라고사에서 발견한 원고라는 소설적 허구를 바탕으로 출판된다. 이 시집을 가지고 있던 사람은 쿠바의 아바나Havana에서 온 로사리오 데 라 세르다라는 여인으로 이 여인이 출판사에 출판을 의뢰한 것으로 알려져 있다. 이런 허구 뒤에는 그 대장이 바로 네루다 자신이요, 그 사랑의 상대가 마띨데 우르띠아라는 사실이 숨겨져 있었을 뿐.

이들 사랑의 시들은 기차 안이나 카페, 비행기 등 아무 곳에서나 쓰인 것들이라고 밝혀져 있다. 사랑에 취한 시인의 일상은 순간순간이 시정詩情으로 가득 차 있었다. 네루다는 이미 《지상에서의 주거》(1925~1935) 시절의 어려운 시어를 포기했다. 가장 순수하고 일상적인 말로 사랑을 노래한다. 시집 전체가 하나의 사랑의 일기이다.

오늘 폭풍의 바다가
하나의 입맞춤 속에 우리를 일으켜 세웠다.
아주 높이 올라가서, 우리는

번갯불 빛에 떨었다, 하나로 엮여서

우리는 물 밑까지 내려왔다, 두 팔은 서로 놓지 않고.

오늘 우리 두 몸은 광대해졌다,

세상 끝까지 몸이 자라 올랐다.

그리고 하나의 유성이나 밀랍

한 방울과 섞여 땅 위에 굴렀다.

너와 나 사이 하나의 새로운 문이 열렸다.

그리고 아직 얼굴 없는 누군가

거기 우리를 기다리고 있었다.

이렇게 하나의 인연의 문이 열렸다. "아직 얼굴 없는 누군가"에
의해 맺어진 "너와 나 사이 하나의 새로운 문"의 개통은 땅 위에
사는 두 몸뚱어리에게 주어지는 최대의 열락이며 동시에 두려움일
수 있었다. "오늘, 모든 것이 땅 그것이었다"라는 말은 '땅=고향, 땅
=공산주의의 이상인 원초적 자연의 삶, 땅=여체'라는 네루다의 상
상의 공식으로 볼 때, "세상 끝까지" 함께할 따스한 동반자의 발견
에 대한 감탄으로 보아야 하리라.

시인은 한 여자와의 육체적 만남의 묘사를 이렇게 에로틱한 이

미지로 꾸미고 있다. 폭풍의 바다, 번갯불 빛에 떨리는 것, 격정의
순간의 상승과 하강, 유성…….

활처럼 흰 뼈가 있는 너의 발,
단단한 너의 작은 발.

그 발들이 너를 지탱하고 있는 것을 안다.
너의 달콤한 무게가
그 발들 위에 서 있다.
너의 허리와 너의 가슴들,
너의 젖꼭지의
두 개로 된 진홍빛,
금방 날아가 버린
너의 눈의 눈자위,
과일로 된 너의 넓은 입,
너의 빨간 머리칼,
나의 작은 탑.
그러나 나는 너의 발을 사랑하지 않는다,
나를 만나기까지
물이고 바람이고 땅이고

걸어 걸어 온 그 발을 사랑할 뿐.

설명이 필요 없는 시다. 다만 그 평범한 그녀 발의 외적 묘사를
지탱하고 있는 조용한 상징의 무게를 눈여겨보라. 그녀의 모습은
아름다운 하나의 땅이며 풍경이다. 온 땅의 신비와 바람을 타고 온
그 발길이 시인에게 얼마나 다행스럽고 예쁘랴.

전쟁과 평화를 만들고

모든 바다와 강의 거리를 무너뜨렸단다.

그러나 이 손이

너의 몸을 더듬어 갈 때는,

밀알처럼, 종달새처럼

작은 여인아,

너를 모두 다 껴안을 수가 없구나.

그저 내 가슴에 날아가다 멈춘

쌍둥이 비둘기를 잡기에도 지치고,

너의 두 발 사이 거리를 달려가다가

네 허리의 빛에 휘말리고 만다.

나에게 너는 바다와 바다의 포도송이보다

더욱 큰 광활함으로 가득 찬 보물이다.

너는 포도 따기 계절의 땅처럼

넓고 푸르고 하얗구나.

너의 발에서 너의 이마에 이르는

그 광활한 영토에서 나는

걷고 또 걷고 또 걷다가

일생을 보내리.

강력한 에로티시즘은 때때로 이렇게 광활한 여인의 육체를 만난다. 사랑의 손길은 끝이 없다. 끝이 없는 사랑의 손길이 닿은 영토 또한 무한대이다. "바다와 바다의 포동송이보다 / 더욱 큰 광활"한 사랑의 영토. "밀알처럼" 작으면서 온 세상처럼 큰 너의 모습을 사랑은 안다.

네루다는 사랑하는 여인을 늘 "포도 따기 계절의 땅"에서처럼 "땅"에 비유한다. 땅이 준 것을 네 것 내 것 없이 나누어 먹고 살던 시절, 먹을 만큼 먹고 다음은 배고픈 자, 배고픈 때에 양보하고 살던 시절, 자연의 품속에서 사람과 사람은 서로 형제나 자매처럼 오직 사랑으로만 이어져 살던 시절이 원시 공산 사회의 이상이다. 이런 이상이 네루다에게는 "땅"의 이미지이다. 그 풍성한 사랑의 땅의 모습이 연인의 몸에서 살아 있는 그대로 느껴진다.

이처럼 네루다의 사랑은 진정한 사랑이면서 마르크스주의적 사랑의 냄새가 짙다. 유물론적인 사랑이기에 몸의 사랑이라는 말은 아니다. 영과 육의 사랑이면서도, 야단스러운 이데올로기적 말투가 없으면서도, 그의 연인에 대한 사랑에는 자신의 사랑과 행복에 대한 염원이 농축되어 있다. 그런 만큼 마르크스주의적인 것.

보통 사랑하는 사람들 사이에서는, "영원히 너를 사랑해!" 한다든지, "네가 죽으면 나도 따라 죽을래"가 원칙이다. 그러나 마르크스주의 입장에서 보면 그것은 지극히 에고이스트적 사랑일 수 있다. 네가 죽더라도 너에 대한 사랑의 힘으로 모든 너를 사랑하고 모든 나를 해방시키는 것이 진정한 사랑의 숭고함이리라. 그런 자세에는 물론 보통 사람 이상의 아픔이 따를 것이다. 사랑하는 사람이 죽었는데 울지도 못하고 따라 죽지도 못하는 마음인들 오죽할 것인가. 그래서 네루다의 다음 시는 가장 아픈 사랑의 시일 수 있다.

문득 네가 세상에 없다면,
문득 네가 살아 있지 않다면,
나는 계속 살아가리라.
아니지,
차마 그걸 쓰지는 못하겠지,
네가 죽는다면.

나는 계속 살아가리라.

왜냐하면 사람의 목소리가 없는 곳에

거기 내 목소리가 있어야 하니까.

(중략)

큰 승리가

나의 승리가 아닌

그 커다란 승리가

오시는 날,

나는 입이 없어도 말을 하리라

눈이 멀어도 나는 승리를 보리라.

아니야, 나를 용서해 다오.

네가 살지 못한다면,

네가, 사랑하는 사람아, 내 사랑아,

만일 네가

죽었다면,

모든 낙엽들이 내 가슴에 지리라,

밤낮이고 내 영혼에는 비가 오리라,

흰 눈이 내 심장을 태우리라,

추위와 불과 죽음과 흰 눈을 맞으며 나는 걸어가리라,

나의 발들은 네가 잠든 곳을 향하여 기어이 걸어가리라,

그러나

나는 기어이 살아 있으리라,

왜냐하면 너는 이 세상 무엇보다도

기어이 기어이 나만을 사랑했으니까,

사랑이여, 너는 내가 한 사람만이 아니라는 것을 알 테니까,

나는 모든 사람들이라는 것을 너는 알 테니까.

3.

1959년 네루다는 전쟁터 속의 애인이며 이제는 아내인 마띨데 우루 띠아에게 100편의 사랑의 소곡을 바친다. 네루다는 그녀에게 바치 는 말에서, "오직 네가 생명을 주었기에 일어나 설 수 있었던 나무 로 만든 이 소곡들, 사랑의 말들을 바친다"고 감동스럽게 고백한다. 그는 첫 소곡에서 그녀와의 만남의 인연을 "알지 못하는 어두운 터 널 문 끝에서 세상의 향기로움과 만나듯" 만났다고 말한다.

그 이름에는 푸른 바다 불길의 벌 떼에 에워싸여

웅웅거리는 나무 배들이 달린다.

그리고 그 글자들은 강물 물줄기처럼

석회처럼 굳어진 내 가슴속으로 흘러든다.

알지 못하는 어두운 터널의 문 끝에서
문득 세상의 향기로움과 만나듯
담쟁이덩굴 아래 숨어 있다 발견된 이름이여!

불타는 너의 입술로 나를 나를 공격해 다오,
원한다면, 너의 밤의 눈으로 나를 심문해 다오,
다만 단 한 가지, 나는 너의 이름 속에 항해하다 잠들게 해 주렴.

빠블로 네루다는 흙냄새, 풀 냄새, 나무 냄새 가득한 한 여인을 만나 여름을 알고 레몬빛이 터지는 소리를 듣고 비로소 세상의 향기를 느꼈단다. 세상은 갈수록 어두운 터널이었고, 알 수 없는 부조리와 불의의 소용돌이였지. 그 싸움터에서 너를 만나 따스함을 알고 향기를 알고 세상살이의 맛을 알았단다. 너의 이름에는 그 많은 희망과 안식의 꿈이 숨 쉬지. 나의 이 큼지막한 사랑을 믿고 더욱 사랑해 다오. 너의 사랑 속에 영원히 살다가 영원히 이대로 잠들게 해 다오.

그러나 네루다는 사랑하면서도 사랑하기 때문에 더 큰 목마름을 느낀다. 어느 시인이 "너는 무슨 꽃으로 만든 떡이기에 / 먹어도 먹어도 배고픈가"라고 했던가. 그건 물론 나의 시구지만, 하하!
네루다 또한 지극히 사랑하기 때문에 계속 이런 목마름에 시달려
야 했다.

빵을 먹어도 나는 살지 못한다. 여명은 나를 안절부절못하게 한다.
내가 찾는 것은 대낮에 너의 발자국의 물기 젖은 그 소리.

나는 미끄러지는 너의 웃음소리에 굶주려 있다.
성난 곡창지대 흙 빛깔, 그 너의 손에 굶주려 있다.
너의 손톱의 창백한 돌 빛에 굶주려 있다.
아무 손이 닿은 일 없는 아몬드 같은 너의 살결을 먹고 싶다.
나는 너의 아름다움에 불탄 번개를 먹고 싶다.
도도하게 치켜뜬 얼굴 위에 자리한 위대한 코,
너의 속눈썹으로 스쳐 지나가는 그림자를 먹고 싶다.

나는 허기진 배를 움켜쥐고, 노을 냄새 맡으며 오가노라,
너를 찾아, 너의 뜨거운 가슴을 찾아
끼뜨라뚜에 평원, 고독 속의 한 마리 표범 퓨마처럼.

연인에 대한 그리움의 시 치고 너무 열대적이고 격정적이다. 우리 가요라면, "눈을 감고 걸어도, 눈을 뜨고 걸어도, 보이는 것은 초라한 모습, 보고 싶은 얼굴"일 것이다. 그러나 칠레의 열대 우림에서 자란 표범 같은 빠블로 네루다에게는 이런 부드러운 그리움이 통하지 않는다. 원초적 사랑에 굶주린 이런 맹수에게는 그리움이 배고픔처럼 사나운 통증이거나 포효다.

그러나 네루다에게는 "너의 속눈썹으로 스쳐 지나가는 그림자"를 그리워하는 자상함이 있다. 그것은 사랑하는 이의 우수이거나 미소일 수 있다. 그때 나는 너에게 "어디 아파? 무슨 일 있어? 내가 좋아?" 묻곤 했었지. 나는 지금도 그러고 싶다. 나는 네가 보고 싶어 "허기진 배를 움켜쥐고, 노을 냄새 맡으며 오가노라". 이 얼마나 멋있는 표현인가. 이 그리움과 안타까움의 "노을" 어딘가 네가 있을 것 같아, 짐승처럼 거기 코를 대고 냄새 맡으며……. 아니면, 갈수록 더해 오는 너에 대한 그리움을 참지 못해 노을을 향해 울부짖으며, 칠레 평원의 고독 속의 한 마리 표범처럼 저녁노을 물어뜯으며 방황하고 있노라.

너의 크막한 눈은 패배한 천체에서

내가 유일하게 가지고 있는 별빛.

너의 살결은 빗속에 스쳐 지나가는

유성이 밟고 간 길처럼 파닥거린다.

그 많은 달들이 나에게는 너의 엉덩이들이었다.

모든 햇살이 너의 그 깊은 입과 그 감미로움,

어둠 속에 꿀처럼 불타는 빛의 홍수

길고 빨간 번갯불로 불탄 너의 가슴,

그래서 나는 네게 입맞추며, 너의 몸의 불을 더듬는다.

너는 작지만 지구의 모든 것, 너는 비둘기, 세상의 지도.

시인은 연인의 몸에서 천체를 읽는다. 땅에서 하늘을 점치듯이, 그것이 우리 인간에게 부여된 유일한 감지 기능. 사랑하는 사람에게서 우리는 비로소 우주 조화의 아름다움과 따스함을 읽는다. 내게 달의 아름다움이 어디 따로 있는가. 때때로 나는 너의 엉덩이의 감미로움에서 달의 열락을 읽는다. 햇살이 어디 따로 있는가. 너와의 입맞춤에서 느끼는 꿀빛 열락이 햇살의 맛이려니…….

네루다는 누구보다 사랑의 시인이라고 했다. 100편의 사랑의 소곡을 다 읽어도 그의 사랑의 목소리는 끝나지 않는다. 어쩌면 마띨데라는 한 여인에게 바치는 시가 너무 많고 지나치다는 느낌이 들 정도이다. 그러나 그만큼 그녀를 사랑했고, 그만큼 이 땅을 사랑했고, 자연과 자연스러운 원초적 삶과 평화, 우정을 사랑했기에, 그 모든 사랑의 열정이 그녀를 그리면서 한데 퍼부어진 것.

　나도 네루다를 통해 사랑의 시를 배운 일이 있다. 물론 나의 시는 네루다의 열대성 기압과는 다른 온대성에서 자란 목소리이다. 그러나 사랑하는 사람에게서 나를 읽고 우주를 읽는 눈이 비슷하다면 비슷하다고나 할까. 네루다는 사랑하는 사람에게 아주 작은 선물을 주듯이 이들 100편의 사랑의 꽃다발을 드리운다. 그래도 못 다한 말이 있었던 시인은 그의 98번째 소곡에서 이렇게 속삭인다.

이들 빛이나 칭찬이 술잔에서
나와 쏟아져 내려도 좋다,
포도주의 끈질긴 떨림이 있었다면,
너의 입이 쇠비름으로 물들었다면.

나의 기억의 산호초와 성난 거품이
가져오고 가져가는 그 모든 것들은
이제 더 이상 뒤늦은 음절을 바라지 않는다.

그중 바라는 것은 오직 너의 이름 쓰기.

비록 나의 어두운 사랑이 너의 이름을 말하지 않아도

때가 되면 봄이 너의 이름을 터뜨릴 거야.

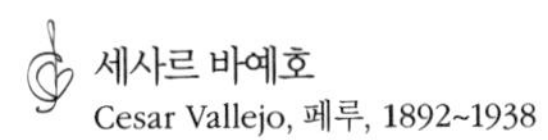
세사르 바예호
Cesar Vallejo, 페루, 1892~1938

지친 일상을 달래 주는 사랑

지금은 무얼 하고 있을까, 안데스 산맥의 나의 다정한 친구

앵두와 갈대의 소녀 리따는

나는 지금 이 비잔티움 문화 속에 질식되어 죽어 가고 있는데

나의 피는 묽은 코냑처럼 내 속에서 취한 채 졸고 있는데

어디 있을까, 그녀의 그 손길, 그 다소곳한 몸매,

오늘 같은 날의 하오에는 또 다가올 새날을 하얗게 다리미질하던

그녀

지금 이 빗줄기 속에서 나는

세상 살맛을 잃어 가는데

그녀의 그 플란넬 치마는 어떻게 되었을까, 그녀의

그 자그마한 소망들, 그 걸음걸이는

내 고향 5월의 그 사탕수수 맛, 그녀의 향취는

세사르 바예호의 사랑을 생각하면 가장 먼저 떠오르는 것이 이 〈죽어간 초원의 사랑〉이다. 너무 따스하고 아름다운 풀빛 사랑 이야기가 가슴 저리도록 추위를 맞고 있기 때문이다. 여기서는 그 추위와 아픔까지 들새의 울음소리처럼 그립고 아쉬워진다.

이 사랑의 시가 세사르 바예호의 시에서 특수한 매력을 풍기는 것은 그 감정의 색조가 다른 작품에서처럼 숨막히도록 비극적이거나 절망, 절규의 포효가 아니기 때문이다. 말을 바꾸면 이런 아련한 사랑의 아픔이 있었다는 것에서 우리는 세사르 바예호의 비극적 세상 보기의 뿌리를 발견한다. 바예호의 비극성은 근본적으로 이런 "초원의 사랑", 어머니의 사랑을 영원히 잃어버린 데서 오는 절망감에서 연유한다. 우리 모두의 고향이 흙이었듯이, 우리 모두의 고향이 어린 시절이었듯이, 영원히 잃어버린 그 에덴동산의 추억이 아프지 않은 자 있으랴.

1893년 안데스 산맥 어느 산골 마을에서 태어나 마흔다섯의 짧은 나이로 비잔티움 문화 속 도회의 아스팔트에서 죽어 갈 때까지 세사르 바예호의 삶은 가난과 비극과 투쟁의 연속이었다. 그가 중남미 아방가르드 시의 개척자였다면, 그것은 역설적으로 그가 너무 원초적인 생명성을 추구하는 시인이었기 때문이리라. 타락한 문명의 잔재로서 타성적인 일반 시풍이 그의 감정을 표현하기에는 부적당해서였으리라.

이런 생각은 전통적인 시풍을 따르는 그의 초기 시집《검은 전령들》(1920)에 나오는 앞의 시에서 확연히 드러난다. "앵두와 갈대의 소녀 리따"를 생각하는 시인의 마음은 이미 돌아갈 길 없는 고향에 대한 향수로 얼룩진다. 여기 이 작은 은유는 노래방의 가사에 나오는 앵두 같은 입술도 아니고 갈대와 같은 허리도 아닌, 진짜 무공해 안데스 산맥에서 나는 앵두와 갈대를 가진 소녀의 모습이다. 그녀를 생각하면 시인이 잃어버린 풋풋한 삶의 맛이 되살아난다. 지금은 도시 속에서 묽은 코냑처럼 취해 취생몽사醉生夢死하고 있는데…….

"다가올 새날을 하얗게 다리미질하던 그녀"가 그립다. "그 사탕수수 맛의 그녀, 그 작은 소망들"이 전설처럼 아득한 이야기로 빗물 되어 시멘트 위를 두들긴다. 그리움은 온통 아픔보다 진한 절망의 냄새가 난다. 그러나 그녀는 절망을 모른다. 이름 모를 추위를 느낄 뿐.

시인은 그녀와 함께 어디로 도망갈 꿈을 꾸지 않은 것은 아니다. 어린 시절에 한번쯤은 생각해 보았던 사랑의 모험담. 이 이야기는 어느 부두에서 펼쳐진다.

부둣가를 따라 어느 어머니가 나오겠지.
그리고 그녀의 열다섯 살 나이를 한 시간에 젖을 물리는

나는 한 번 도망을 꿈꾸었다. 뱃머리의
한 계단에서 한숨짓는 "영원히"라는 말
나는 한 어머니를 꿈꾸었다.
야채로 만든 신선한 차 몇 잔,
그리고 새벽 여명으로 별처럼 수놓아진 혼숫감들.

부둣가를 따라…….
그리고 물에 빠져 죽어 가는 하나의 목울음을 따라…….

그렇다. 기다리던 소녀는 나오지 않고 부둣가에서 기다리다 지쳐간, 목이 학처럼 긴 소년이 있었겠지. "물에 빠져 죽어 가는 하나의 목울음" 어린 시절, 너는 엄마가 되고 나는 아빠가 되고……. 그리고 그 찬란한 꿈속 신혼의 행복. 그러나 그것은 꿈. 어머니의 품 속에서와 같은 행복감으로 만든 사랑에 대한 소망은 희미한 꿈의 기억으로 아련한 아픔의 추억으로 남아 있다.

도시의 사랑에서도 세사르 바예호는 안데스 산맥의 풀빛 사랑을 산다. 안데스의 시골 촌뜨기 가슴이 도시에 온다고 달라질 것

은 없지 않은가. 시골스런 따스함과 다정함이 다시 만난 애인에게서 느끼는 사랑의 감정이다. 시가 이제 엄청나게 개혁적인 전위시의 문체를 입고 나온 것은 아까 말했듯이 그런 원초적 풀빛 따스함의 표현이 도시적 문체에는 알맞지 않았기 때문이다. 다음은 그의 가장 개혁적인 시집 《쓰달픔*Trilce**》*(1922)에 나오는 시다.

그녀와 점심이라고 해야

어제 좋던 요리를 갖다 놓고 차리는 정도

지금 그대로 되풀이되는데

이번에는 겨자를 조금 더 뿌린 정도.

생각에 잠긴 포크, 5월의 꽃 암술같이

찬연한 자태이지만, 거기 거 지푸라기 같은 거 치워요

할 때의 엽전 한 닢짜리 부끄러움.

그리고 덩굴 없는 그녀의 두 젖꼭지가 조심스레 지켜보는

서정적으로 예민한 맥주,

물론 절대로 많이 마시면 안 되는…….

---

* "Trilce"는 "trist(슬프다, 쓰라리다)+dulce(달다)"의 인조적 합성어이다. 나는 "쓰라리다"와 "달다"의 합성어로 "쓰달픔"이라는 조어로 번역했다.

그리고 시집갈 처녀인 그녀가

자신의 씨방에 있는 북들을 있는 대로 다 모아

아침 내내 두들겨 만든, 두들겨 수놓은

식탁의 기타 다른 매력들,

그녀의 속사정을 다 아는

사랑의 공증인, 내가 아는 바로는

그것도 그녀의 오장육부의 손가락을 다 꺼내어 만든

열 개의 마술의 북채가 보인다.

더 이상 먼 것은 생각하지 않고

종달새를 풀어놓는, 풀어놓고 우리 서로 이야기하는

서슬이 파란 갓 딴 상추 이파리같이

사랑스러운 여인, 여인의 말소리.

한 잔 더 하고 가지. 그리고 우리는 헤어진다.

이제는 정말 일을 하려고.

그러는 동안 그녀는 커튼 사이로

숨는다. 그러고는, 아, 갈기갈기 찢겨진 나의 나날을 깁는

바늘! 바느질 바구니 옆에 앉아 그녀는

나의 옆구리를 그녀의 옆구리에 깁는다,

다시 떨어진 단추, 내 속내의 단추를 달아 주려고.

글쎄, 세상에 또 이런 일이…….

어떤가, 우리들의 사랑 이야기를, 우리 애인들의 어여쁜 모습을 이처럼 아름답게 그려 낼 수 있을까? 나의 어머니이면서 나의 애인인, 어쩌면 하나도 야단스럽지 않은 깊은 사랑의 손길이 일에 지친 나의 일상을 꿰매고 다리미질하고 "그 속내의에까지 단추를 달아 주는" 어여쁜 그대여.

그래서 여인은 혁명가의 유일한 안식처요, 싸우고 끝내 돌아가야 할 영원한 고향의 품이었다.

사랑은 목마름의 연속이다

1.

사랑과 에로티시즘을 제외하면 옥따비오 빠스의 우주관에서 무엇이 남을까. 빠스의 마지막 명저 《이중 불꽃Doble llama》도 사랑과 에로티시즘에 대한 이야기이다. 그가 인생의 마지막 순간 가장 관심을 쏟았던 것이 《주역》의 음양陰陽에 대한 이미지였다면 이 또한 에로티시즘이 지배하는 우주 순환의 모양짓기에 최후의 관심과 열정을 기울였다는 말이 된다. 그러나 생生의 감촉에 대한 시인의 사랑과 고뇌는 철학적인 관념을 넘어선다.

나의 몸에서 너는 산을 찾는다

(중략)

너의 숲에서 나는 배를 찾는다
갈 곳을 잃은 배의 한가운데에서.

이 시의 상징적 의미는 간단하다. 〈상호보조〉라는 제목이 말하고 있듯이 태양은 바다를 필요로 하고 바다는 태양을 필요로 하는, 이상적인 풍경. 여명이나 저녁노을의 형상이다.

가장 아름다운 자연의 풍경이 두 몸의 열정으로 물들어 있다. 자연 풍경의 이미지와 사랑에 취한 두 남녀의 성기의 모습이 무리 없이 조화를 이루면서 노을의 아름다움, 혹은 여명의 환희를 암시한다.

그러나 이 시에서 에로티시즘이 아닌 고상한 이야기라는 점에 속아서는 안 된다. 특히 우리 시에 이런 점잔 빼기는 상습화되어 있다. 너무 상습화되어 있어서, 어떤 성적인 이미지가 나오면 거기에서 쉽게 떠올릴 수 있는 상징적 의미 찾기에만 바쁘다. 예를 들어 어느 시인이 "씹"이라는 소리를 용감하게 쓰면, 그 뒤는 반드시 검열에 걸리지 않게 하기 위해서라도 알아보기 쉬운 상징적 의미를 집어넣는다.

이런 뜻에서 빠스의 시 〈상호보조〉는 에로티시즘 시의 모델 정도 된다고 볼 수 있다. 우리가 다 아는 에로틱한 이미지를 멋지게 상징화시킨 것. 다만 그 세밀한 성기의 묘사가 상징적 의미를 전혀 거슬리지 않는 게 이 시의 묘미다. 여체보다 남자의 몸은 위쪽에 자리하고 있다. 수직적 실체의 모습이다. 나무와 숲이고 산이고 태양이다. 그 밑에 말하지 않은 바다가 보이고, 거기 배가 있다. 바다는 흔히 서양 상징에서는 죽음을 뜻한다. 죽음 위에 떠 있는 배 하나, 여체……

그렇다, 우리는 사랑을 할 때 "죽도록 사랑해!"를 몸으로 느낀다. 흔히 오르가즘이라고 하는 순간의 느낌은 죽음의 고통인지 최상의 쾌락인지 무분별의 무엇이다. 너와 내가 세상을 어찌 알랴. 생자필멸生者必滅이라는 어처구니없는 바다 위에 우리는 영원을 꿈꾸고 있을 뿐.

다만 여기 재미있는 것은 남녀 모두 숲이나 털을 가지고 있다는 인간적 향기이다. 여체 또한 "너의 숲에서 나는 배를 찾는다"에서처럼 "숲"이 있다. 세상에 무슨 숲에 배가 있으랴. 그것은 로빈슨 크루소의 배겠지. 그렇다고 볼 때, 모든 배는 처녀림의 처녀이다. 아니면 처녀이기를 바란다. 그것이 사랑이다. 진짜 사랑을 할 때 나의 여자는 모두 처녀이다. 세상에 이렇게 아름다운 여자를 본 일이 없다. 겨울마다 첫눈이 내린다.

그렇다. 모든 여체는 내 몸과 태양이 올 때까지 위를 향해 벌려 있는 길 잃은 안타까움의 공간이다. 햇살이 스며들 곳이 없으면 안 되듯이 배 또한 타야 할 햇살이 없으면 빈 배. 우주는 고독과 슬품을 두려워하는 모양. 두 몸 서로 만났음이 이토록 위안일 수 있으랴. 이런 느낌은 서양의 기독교적 사상이 아니다. 음양의 조화가 우주를 만들어 가는 황홀경의 체득이 아니면 살냄새가 나지 않는 공허한 상징으로 남았을 것이다.

상징을 많이 이야기한 프랑스의 바타유가 이야기했듯이 성적 상징이 가장 오래된 상징적 말하기의 표본이다. 옥따비오 빠스는 가장 간단한 몇 마디의 말로 우리의 우주적 성감대를 건드리고 있다. 빠스의 시에서 에로티시즘은 그의 시학의 기본이 에로티시즘이듯이 항상 살냄새와 별냄새가 합일의 황홀을 이룬다. 죽음과 삶의 화해, 이승과 저승의 만남이 에로티시즘이다. 에로티시즘의 위안이 없다면 이승도 저승도 "죽음의 춤"이나 귀신들의 독무대밖에는 아무것도 아니었으리라.

바람 없는 폭풍, 파도 없는 바다,

갇힌 새. 졸음에 겨운 황금빛 맹수,

진실처럼 무정한 수정,

숲 속의 환한 빈터에 찾아온 가을, 거기

나무의 어깨 위에선 빛이 노래하고. 모든 잎사귀는 새가 되는 곳.

아침이면 샛별같이 눈에 뒤덮인 해변,

불을 따 담은 과일 바구니,

옥따비오 빠스 · 사랑은 목마름의 연속이다

맛있는 거짓,

이승의 거울, 저승의 문,

한낱 바다의 조용한 맥박,

깜박거리는 절대

사막.

고요한 한 소녀의 눈동자를 바라보며 시인은 사랑을 느낀다. 반짝이는 눈동자, 조그만 감동에도 곧잘 눈물에 젖는 그녀의 눈. 그렇다. 생명성의 빛은 사멸死滅의 예고이다. 산다는 것의 모든 환희와 아픔을 함께 살고 있는 너의 눈동자. "바람 없는 폭풍, 파도 없는 바다". 무정하리만큼 흔들림 없는 너의 눈동자는 폭풍 전야의 고요처럼 생명성으로 포효할 "황금빛 맹수"의 야성에 길들인 모습일 뿐.

때때로 나이 들어 아름다운 소녀의 눈동자를 보면, 질투가 날 만큼 파랗고 생기와 생명성이 충일한 매력을 본다. 물론 따 먹을 수 없는 맛있는 과일의 유혹이며 저주이다. 우리 모두 영원히 살고 싶지만 아무도 영원하지 못하는 것처럼. 그러나 그런 소녀의 눈길은 얼마나 아름다운가, 얼마나 우리로 하여금 살아 있음의 열락과 황홀을 느끼게 하는가. 그리고 시간과 세월의 노예인 우리의 삶을 또 얼마나 '사막'으로 느끼게 하는가.

우리는 삶의 진실을 알고 싶지 않다. 유일하게 증명할 수 있는 삶의 "진실"은 "그러나 너도 죽을 것이다"이기 때문. 그러나 아름다운 너의 눈길은 "진실처럼 무정한 수정"이다. 아무 표정이 없는 아름다움이기 때문. 즉, 우리는 모두 죽는다는 것을 알고도 분명히 반짝이고 있는 수정 같은 맑음이기 때문이다. 여기에서 우리는 소녀의 눈길이 부처의 눈길을 닮은 것을 안다.

이 시에서 옥따비오 빠스는 어떤 소녀의 눈길이라기보다는 어느 부처의 석상의 눈길을 노래하고 있다는 느낌이다. 그러나 그것이 절대적으로 아름답게 보였던 소녀의 눈길이라고 해도 달라질 것은 하나도 없다. 사랑에 취할 때 우리는 늘 "세상에 어떻게 이렇게 아름다운 여자가……" 하는 느낌을 갖기 때문. 색즉시공色卽是空이다.

그 눈길 속에서는 모든 꿈과 잎사귀가 날개를 단다. "아침이면 샛별같이 눈에 뒤덮인 해변". 그 무정한 바닷가. 손의 감촉을 잃은 눈과 차가움의 황홀. 그렇다. 새벽의 해돋이는 "불을 따 담은 과일바구니"이다. 그러나 먹을 수 없는 과일, 플라토닉러브의 소녀. 그것은 "맛있는 거짓"이고 생명성의 표상(이승의 거울)이며 "저승의 문"이다. 생명성의 극치는 죽음을 뜻하니까.

"바다"는 또다시 죽음이다. 살아 있는 실체는 궁극적으로 모두 바다에 가면 끝난다. 죽음을 배경으로 반짝이는 것. "한낱 바다의 조용한 맥박", "깜박거리는 절대 / 사막". 그래서 나는 이 시가 서구의 플라토닉러브의 절대적 여인상을 염두에 둔, 부처의 미소를 상상한, 그러나 어느 절대에 가까운 소녀의 눈동자를 그린 것으로 읽었다.

사랑에 취하면 사람은 늘 엉터리이다. 아무렇지도 않은 여고생을 "여신"으로 보기도 한다. 부처의 눈길을 보고 황홀을 느끼기보다는 오히려 짝사랑하는 어느 소녀를 보고 느끼는 열락과 아픔, 그 불가능의 절규가 더욱 "사막"을 느끼게 할 수가 있다. 이 시가 불상佛像의 눈길을 보고 썼다면 너무 평범하다. 옥따비오 빠스 스타일이 아니다.

나는 이 시를 사랑의 시로 읽는다. 그 많은 아름다운 여자들 중에 나에게는 불가능한 아름다운 여인들이 있다. 그 '불가능'은 모든 사람들에게 있는 일이면서, 사람들은 버릇처럼 다 가능하다고 믿는 것 같다. 세상의 인연이라는 것이 마치 제 마음대로 할 수 있는 것처럼.

그러나 지극히 아름다운 여인은 늘 처녀림이다. 나의 손에 닿으면 그만 시들고 마는……. 진정으로 사랑을 느낄 때의 너의 눈동자는 빠스의 눈에 보이는 것처럼 이렇게 늘 목마름과 안타까움의 "사막"의 모래밭을 걷게 한다.

2.

빠스는 몸의 시인이다. 살아 있음에 대한 어떤 추상도 손에 잡히지 않으면 진솔성이 없다. 사람은 눈에 보이지 않는 존재가 아니다. 밥

먹고, 일하고, 섹스하고, 없으면 말고……. 그러나 사람은 여인의 육체를 보며, 사랑하는 사람의 육체를 보며 먹을 것을 생각하지는 않는다. 아름다운 육체는 늘 추상화다. 그 육체를 향한 나의 안타까운 열망 또한 하나의 손가락 같은 페니스이거나 의미를 찾기 위한 손짓의 하나일 뿐.

너의 입과 그 식인종 치아, 그 하얀 군대는 불길 속에 잡혀 있다.

갓 익은 노란 빵 색깔의 너의 살결과 볼에 불탄 설탕빛 너의 눈길.

거기 시간은 흐름을 멈춘다.

오직 너의 입술만이 아는 언덕이여,

젖가슴을 거슬러 너의 목덜미까지 이르는 달의 행로,

목덜미의 굳어진 분수 폭포,

높은 고원 위 너의 배,

너의 옆구리를 달리는 끝없는 해변.

너의 눈동자는 호랑이의 응시하는 눈이었다가

일 분도 못 되어 금방 물기 젖은 강아지의 눈길이 된다.

너의 머리칼에는 항상 벌이 있다.

너의 잔등은 고요하게 나의 눈 밑을 흘러간다

옥따비오 빠스·사랑은 목마름의 연속이다

불길 밑에 반짝이며 흐르는 강물의 잔등처럼.

잠든 물결이 밤낮 진흙으로 된 너의 허리를 두들긴다.

달빛 아래 모래사장 같은 크막한 너의 바닷가에서

바람은 내 입으로 불려나오고, 그 긴 신음 소리는

육체와 육체의 밤을 잿빛 날개로 감싼다,

마치 사막을 고적을 담고 가는 독수리 그림자처럼.

너의 발가락의 발톱들은 한여름 유리로 만들어져 있다.

너의 다리 사이에는 물이 잠든 우물이 있다.

밤바다가 고요해지고 검은 말 같은 물거품이 머무는 항만,

보물을 감춘 산자락의 동굴,

성스러운 빵을 빚는 화덕의 입,

반쯤 열린 사나운 입술의 미소,

빛과 그림자, 보이는 것과 보이지 않는 것의 결혼

(거기 육肉은 스스로의 부활과 영생永生의 날을 기다린다.)

피의 조국,

나도 알고 또 나를 아는 유일한 고향,

내가 믿는 유일한 조국,

영원을 향해 열려진 조그만 문 하나.

그렇다. 살과 뼈가 있는 자의 영생의 꿈은 어쩌면 영혼만의 영생이 아닐 수 있다. 미겔 데 우나무노도 같은 말을 했다. 지금도 어디 있는지 잘 모르는 내 영혼의 영생은 내게 무슨 의미가 있는가. 내가 영생을 원한다면 지금 내가 나라고 생각하는 살과 뼈, 이 마음, 이 열정, 이 그리움, 모든 것 있는 그대로의 영생일 것이다. 그런데 지금 내가 나라고 생각하는 나는 도대체 누구인가. 나는 지금 그 "나"를 확실히 알고 있는가. 신神과 마주할 때, 신에게 영생을 바라며 내놓을 수 있는 그 나는 준비되어 있는가.

우리는 어쩌면 불완전하나마 이 육체를 동반하는 영혼의 영생을 바라고 있는지 모른다. 보고 싶은 사람이 있고, 사랑하는 사람이 있고, 만지고 싶은 사람이 있고, 사랑 행위로 갈증을 채우고 싶은 이 불완전한 나를 동반하는 어떤 영원에의 길을 우리는 바라고 있다. 그럴 때 육체는 이미 영혼이 버리고 가야 할 버거운 유산이 아니다. 오히려 그 "영원을 향해 열려진 유일한 문"이다. 그것은 마치 내 앞에 놓인 여인의 육체의 안타까운 부름처럼 육체를 통하여 바라볼 수 있는 영원한 빛을 향한 갈구이다.

빠스는 인도의 탄트리즘을 무척 좋아한다. 육체를 사닥다리로 천상에 오르는 황홀과 열반의 길을 많이 인용한다. 에로티시즘이야말로 인간이 경험할 수 있는 종교성이다.

이 시에서 보는 여인의 육체 또한 실존의 "어둠"을 열고 희망으로 다가선 몸뚱어리이다. 사랑하는 여인의 "식인종 치아"가 참 인상적이다. 너무 사랑스러워 꼭 깨물어 주고 싶은, 아니면 나를 꼭 깨물어 주고 싶다는 듯이 응시하는 불타는 눈길……. 너의 육체는 금방 화덕에서 나온 갓 구운 빵처럼 식욕과 성욕을 돋운다.

사랑의 행위 속에서 너는 호랑이인가 강아지인가. 불인가 물인가. 사랑한다는 것은 목마름의 연속인 사막이다. 그 사막 속에서, "너의 다리 사이에는 물이 잠든 우물이 있다". 그 우물 속에서 "빛과 그림자", 목마름과 해갈解渴, 고통과 열락, "보이는 것과 보이지 않는 것"이 만난다. 그러기에 거기가 지상에 육체를 가지고 사는 존재의 유일한 갈등과 화해의 장소요 "유일한 조국"인 것.

빠스는 추상의 시인이 되기를 거부한다. 그의 추상은 항상 육체를 가지고 있다. 빠스는 추상을 만진다. 빠스는 육체를 만지면서 꿈을 꾼다. 육체가 먼저인지 그 만지는 육체에 대한 욕구와 꿈이 먼저인지 아무도 모른다.

네 존재의 커튼을 연다.

너를 또 다른 벌거숭이 옷으로 입히고

네 몸의 그 많은 육체들을 벗긴다.

나의 손은

너의 몸에서 또 다른 몸을 창조한다.

　너를 만지는 것이 너의 몸에 대한 나의 욕정 때문인가 너의 몸의 절대적 아름다움 때문인가. 내가 만지는 것이 나의 욕정의 환상인가 너의 몸인가. 옥따비오 빠스는 '나의 욕정의 환상'에 더 큰 무게를 둔다. 물론 이런 식으로 아무 여자나 만지다가 감옥에 가기 십상이겠지만…….

　정말 이상한 것은, 여인아, 너는 너의 몸을 모른다. 지금 이 시각에도 내 몸의 세포는 시시각각 변하고 있다. 지금 네 몸으로 들어가는 것이 너의 숨결인가 지금 나오고 있는 공기가 너의 몸인가. 나 또한 너의 몸을 모른다. 그래서 끝없이 더듬는다. "네 몸의 그 많은 육체들을 벗긴다", "너의 존재의 커튼을 열고" 너의 몸을 찾아간다는 일이 결국 너의 또 다른 몸을 창조하고 있구나!

　사랑한다는 것은 무엇인가. 내가 너를 사랑한다는 행위는 무엇인가. 내가 나를 아는가. 네가 너를 아는가. 스스로 알지 못하는 것들이 서로를 안다고 느끼며, "네가 없으면 난 못 살아" 한다. 사랑하는 순간은 너를 그리워하는 자리에 내가 있음을 안다. 그리고 그 그리움이 향하는 건너편에 네가 있음을 안다. 살아간다는 것은 물거품이다, 구름이다. 확실하게 잡을 수 있는 것은 없다. 그러나 너와 나 사이 "나눔"의 밀감, 입맞춤 속에서 살아 있음이 잡힌다. 마침내 그것이 비록 침묵의 대화, 죽음의 대화뿐이었다고 할지라도.

풀밭에 누워

처녀 하나 총각 하나

밀감을 먹는다, 입술을 나눈다

파도와 파도가 거품을 나누듯이.

해변에 누워

처녀 하나 총각 하나

레몬을 먹는다, 입술을 나눈다

구름과 구름이 거품을 나누듯이.

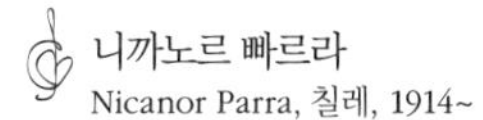

죽음을 넘어선 반시인의 사랑

칠레 반시反詩의 선구자 니까로르 빠르라에게서 사랑 이야기를 듣
는다는 것은 복싱 이야기를 듣는 것처럼 코피 터지는 일이다. 꿈보
다는 현실이, 따스함보다는 아픔이 앞서기 때문이다. 산다는 것이
죽음을 향하여 열려 있듯, 사랑 또한 죽음 앞에서의 안간힘이거나
두 가랑이 벌리기이다. 빠르라는 자신이 "천사 고기와 짐승 고기를
한데 넣은 순대"라고 한다.

태어날 때부터 마른 편이지만
좋은 음식이라면 퍽 좋아하는

볼은 홀쭉하지만

귀는 비교적 풍성한 쪽에 속하는

네모난 얼굴에

눈은 거의 뜨지 않고 있는,

거기 가무잡잡한 흑인 복싱 선수 같은 코가

아스텍 우상의 입 있는 데로 내려오는

—이 모든 것이 아이러니와 불신의

빛으로 에워싸인—

아주 영리한 것도 아니고 바보 천치도 아닌

그런 게 바로 나.

식용 올리브유와 식초를 섞은 그런 잡탕

천사 고기와 짐승 고기를 한데 넣은 순대!

빠르라는 정말 전혀 시인 같은 데가 없는 시인이다. 복싱 선수 식충이가 어떻게 꿈을 꾸는가. "아이러니와 불신"으로 가득 찬 그의 눈빛이 어떻게 사랑하는 여인을 꿈꾸듯 바라볼 수 있겠는가. 그래서 그의 여인은 "두 가랑이를 벌린" 지극히 현실적인 여자이다. 물론 거기에는 꿈을 지탱할 수 없었던 실낙원失樂園 고아의 눈물이 있다. 그리고 그 어느 꿈과 이상의 좌절에도 끝까지 눈물을 참는 사나이다움이 있다.

늦는다기보다는 생각보다 빠르게, 십자자의 발밑에

무릎을 꿇고 쓰러지겠지.

그러나 나는 버텨야 한다

십자가와 결혼하지 않기 위해서.

그녀가 지금 나에게 팔을 벌리고 다가오지 않는가?

오늘은 아니리라

내일도

과거도

내일

그러나 일어날 일은 일어나고 말리라.

지금으로서는 십자가란 비행기이다

두 가랑이를 벌리고 있는 여자.

　　니까노르 빠르라는 낭만주의 여자의 꿈을 벗어던지면서 출발한다. 사실 퇴폐주의의 창녀 같은 여자의 아름다움이나 상징주의, 신비스러운 여인도 모두 낭만주의의 이상 또는 여인상의 연속선상에 있다. 오늘의 시의 대상이나 시 정신의 전통이 그러하듯이. 빠르라

의 반시는 그런 말랑말랑한 그리움과 창백한 여인들과의 결별로부
터 시작한다. 시인의 말에 따르면 이제 "시인들은 신의 신전 올림
푸스로부터 내려왔다"고 한다. 그리고 그는 말한다. "우리는 요정이
나 인어를 믿지 않는다. / 시는 바로 이래야 한다 / 가시 많은 가시
꽃에 에워싸인 여인이거나 / 아니면 전연 아무것도 아닐 거다".

그렇다. 이제 여인은 시인들의 달콤한 언어로 치장한 보석이나
고급 의상이 아니다. 삶의 실존의 냄새 속에 흠뻑 밴, 이상과 말을
잃어버린 세대의 절망을 감싸 안을 수 있는 여자. 이런 여자가 오
늘 시인의 갈망이다.

나비는 끝없이 움직이는 꽃이다
충치 먹은 이빨들
잘 부서지는 이빨들
나는 무성영화 시대의 배우

간통하는 것이 문학 행위이다

눈 감지 않고, 눈 감은 여자가 아니고, 어떻게 현실 속에서 시의
뮤즈를 찾을 수 있을 것인가. 그것은 어차피 죽음 앞에서 불가능

한 영화나 연극이다. 현실 속에 그런 천사 같은 여자가 있었기에, 나는 나의 시에서 그 여자를 그대로 노래했다고 한다면, 그것은 순전히 문학적 허구이거나 위선이다. 아무리 아름다운 여인도 늙고 병든다. 영원한 사랑, 영원한 아름다움은 없다. 따라서 문학은 정식 사랑을 할 수 없다. 그것은 거짓이 되거나 허물어질 것이기 때문. 영원한 아름다움에 대한 정식 사랑이 거부된 존재, 문학인들은 밤마다 "간통"을 저지른다. 사랑하지 않고는 시를 쓸 수 없기에.

그러나 인간의 실존적 벽과 한계 때문만은 아니다. 우리가 사는 현실 속의 물질주의 여인들은 따스함에 대한 시인의 갈구를 무시한다. 빠르라의 한 여인과의 결혼 생활을 회상하는 저주에 찬 반여성론은 〈독사〉라는 시에 잘 나타나 있다. 좀 긴 시이기 때문에 중간의 몇 부분을 생략하고 옮기면 이렇다.

긴긴 세월을 나는 한 형편없는 여자를 사랑해야 하는 벌을 받았다.

그녀를 위하여 희생을 하고, 수없이 조롱과 굴욕을 감수해야 했다.

그녀를 먹여 살리고 옷 입히기 위해 밤과 낮을 일하고,

몇몇 범죄와 실수들을 저지르고,

달밤에는 작은 도둑질을 감행해야 했다,

성공적으로 보이는 서류들을 위조한다든지,

어떻든 그녀의 매혹적인 눈길 앞에 불신을 심어 주어서는 안 되니
까.

이해가 잘 될 때에는 우린 공원으로 달려가곤 했다,

거기에서 모터 보트를 타며 함께 사진을 찍기도 하고,

아니면 춤추는 카페로 가서

정신없이 춤에 빠지기도 했다

새벽 세 시 밤늦게까지 춤판이 계속되기도 했다.

긴긴 세월을 나는 그녀의 매력의 포로가 되어 살았다,

그녀는 완전히 벌거숭이로 나의 사무실에 나타나곤 했으니까.

상상할 수도 없이 어려운 몸 꼬기로 실력을 행사하면서

나의 불쌍한 영혼을 그녀의 궤도에 접합시키려 했다.

그리고 특히 나의 마지막 엽전 하나까지 수탈하려는 목적으로.

(중략)

(그리고 몇 년 뒤 그녀가 다시 나에게 나타났을 때)

나는 심각하게 지쳐 있어. 나 잠깐만 쉬게 해 다오,

나 물 한 모금만 가져다 다오,

어디 먹을 것 좀 얻어 와요,

나 배고파 죽겠어,

당신을 위해 더 이상 일할 수 없어,

우리 사이 모든 것은 끝난 거야.

너무 사실적이어서 이것이 시인가 자서전인가 의심이 가기도 한다. 그러나 빠르라에게 시는 마지막까지 인간의 진솔성으로의 접근이 목표이다. 시 형식은 문제되지 않는다. 오히려 그는 그런 시인 척 시 쓰는 목소리를 제일 싫어한다.

아무튼 빠르라에게 사랑과 여인의 이미지는 항상 문제성의 초점에 서 있다. 시인의 최대 갈망과 좌절의 지표에 "두 가랑이를 벌린 여인"이 십자가처럼 서 있다. 그 여인이 뱀의 유혹에 빠진 꽃뱀, 혹은 "독사"이거나, 사랑해도 영원히 사랑할 수 없는 시간의 노예거나, 실낙원의 그림자이거나……. 따라서 이런 문제성의 여인상은 항상 이상이나 꿈의 탈을 벗는 벌거숭이 생식기의 모습이나 성적 상징으로 나타난다. 실존의 몸부림의 마지막 손짓처럼.

후반기의 빠르라는 짤막한 단상이나 금언을 좋아한다. 이제 그의 시에는 전반기의 아이러니즘 외에도 생명에 대한 애착과 죽음에 대한 사색들이 많다. 오래 전에 아내와 사별한 그는 또 이런 시를 쓴다.

빌어먹을 몇 년 전에
분통이 터져 죽여 버렸다

한밤중에 소스라치게 놀라 나는 눈을 뜬다

나 추워 여보

왜 좀 올라와서 내 뼈 좀 뎁혀 주지 않으려우

그녀에게는 절대 따로 청할 필요가 없다

반대로 자발적으로 올라온다

내가 정확하게 부르지 않아도

나의 시체 위로 달려들어

껴안고 입맞추며 나를 깨운다

우리 둘은 불붙은 밀밭

빠르라가 아내를 살해했다는 근거는 없다. "분통이 터져 죽어 버렸다"는 소리는 죽은 아이의 뺨을 때리는 지아비의 손처럼, 도저히 용서할 수 없는 죽음을 거꾸로 말한 것. 나도 늙고 죽어 가고 있다. 때로는 한밤중에 뼈끝이 시려 옴을 느낀다. 시체가 되어 가고 있는 나를 느낀다. 그럴 때, "나 추워 여보 / 왜 좀 올라와서 내 뼈 좀 뎁혀 주지 않으려우?" 소리가 나온다.

죽은 아내 생각이 어찌 생각하려고 해서 나겠는가. "자발적으로" 그녀가 무덤에서 올라오겠지. 밤에 잠잘 때마다 침대 밑에서, 바로 위로 올라오는 손길과 체취가 느껴지겠지. 죽은 시체와 살아 있는 시체 사이 진짜 뜨거운 사랑이 불붙는다. 죽음을 넘어서 불붙은 그리움의 화합. "우리 둘은 불붙은 밀밭".

스페인의 철학자이며 시인인 미겔 데 우나무노는 모든 문학이 결국 '자서전적'이라고 말한다. 나의 이야기가 아닌 이야기가 무슨 재미가 있겠는가. 로마의 극작가 테린테우스는 "인간의 일 치고 내 일 아닌 것이 없다"고 한다. 소설이 아무리 허구를 써도 결국 작자의 다른 자서전일 수밖에 없다.

빠르라의 경우는 그것이 구체적으로 문체화되어 있다는 점이 다르다. 말하자면 스스로를 배우로 내세우고 배우를 숨기는 반전통적 기법을 쓰고 있다. 아니면 배우와 작가가 함께 나와 무대를 누비고 있다. 삶과 허구, 생활과 예술, 이승과 저승에 그 무서운 벽을 허물고 사랑으로 다시 태어나는 곳에 바로 '반시'의 시학이 있다. 아내는 죽고 나는 살아 있어도 우리 둘 사이는 이승과 저승의 경계를 넘는다. "우리 둘은 불붙은 밀밭"이 된다.

텔마 나바
Thelma Nava, 멕시코, 1931~

사막에서 사랑을 노래하다

내 말은 단지, 내 사랑이 통조림 속에 든 꼭두서니 꽃 이파리와 재
스민 잎사귀에 싸인 벌거숭이 나뭇가지라는 것뿐.

내 사랑은 벌거숭이, 바람 속에 심장을 새겨 넣기 시작했다는 것,

푸른 여명을 가진 심장들에 대한 우상 파괴 작업을 시작했다는
것.

음악은 한 번도 이렇게 날씬한 조랑말을 타 본 일이 없다.

오랜 옛날의 여름 공작새들은 그 다채색 하프를 펼치며

스스로를 바라보기 시작했다.

여름 햇살을 받고, 심장이 뛴다, 노래한다.

바람도 너의 입가에서 잠들고 싶어 한다.

너의 심장은 나를 집어삼키는 은밀한 기계.

빗줄기는 우리의 손을 잡고 포옹의 보드라운 빵이 있는 데까지 인
도한다.

그 문 앞에 우리는 머물러 있다. 놀라서, 향기에 젖어.

아침은 어느 아침 같지 않고 싶다.
가까운 바람결에 눈물 한 방울 떨고 있다.
눈먼 소녀가 꿀벌의 꿈을 어루만진다.
그러는 동안 우리는 시간을 타고 흘러간다.

여류 시인 텔마 나바는 세상살이를 사막 걸어가기로 본다. 바위
는 돌이 되고 돌은 모래가 되는 시간 속의 고달픈 행진. 그것은 바
람 속에 호흡을 불어넣고 "심장을 새겨" 넣는 일처럼 절절한 안타
까움의 행진이다. 안타깝지만 유일한 위안이 또한 사랑이다. 사막
속 오아시스에 대한 꿈이 바로 사랑이다. 사랑은 한순간이지만, 그
것만이 이 안개와 흙먼지 속에 내가 살아 있었음의 유일한 증표들
이다.

《벌새 50》이라는 대표 시집. 제목부터 시사적이다. 이 시집으로
1962년 '라몬 로뻬스 라르데 국가 문학상'을 수상한 그녀는 시집
속에 사랑의 체험을 담는다. 사막 속의 작은 벌새 하나, 시간 속 여
행길에 만난 50년의 풋풋한 사랑의 추억이, "거의 여름"이었던 어

느 날의 안타까움으로 그려진다. 왜 하필이면 "거의 여름"이라 명명했을까.

그것은 어떤 사랑의 행복의 임시성을 암시한다. "그때 그 여름은 행복했었네"가 아니다. 어차피 시간의 횡포 속에 모래벌판이 될 어느 여름의 추억은 "거의" 행복의 절정에 가까웠던 것 같은 아쉬움으로 남는다. 어느 여름도, 어느 사랑의 추억도 시간 속에서는 절대성을 잃는다. 그저 "거의 여름", "거의 행복"에 가까운 "거의 사랑"일 뿐.

내 살결은 해와 햇살을 탐한다. "사랑하라! 사랑하라!" 햇살은 소리치지만, 나 또한 사랑을 원하지만, 그렇다고 정열적으로 인생의 쾌락과 사랑을 절규할 처지는 아니다. 그러하기에 나의 사랑은 통조림된 일상의 허울 속에 생명성을 잃은 "벌거숭이 나뭇가지" 하나. 어쩌면 나는 너무 오랜 세월 동안 영원한 사랑, "푸른 여명"만을 꿈꾸어 왔는지도 모른다. 이제 그런 우상 숭배는 끝났다. 이 여름에 도취하는 일만 남았다.

햇살과 바람과 빗속에 우리의 포옹은 "보드라운 빵"처럼 무르익는다. "아침은 어느 아침 같지 않고 싶다". 단 하나의 아침, 단 하나의 사랑의 느낌! 그러나 그 바람 속에 이미 눈물 방울이 떨고 있다. "눈먼 소녀가 꿀벌의 꿈을 어루만진다". 그러나 세월의 횡포는 그 어느 아름다운 사랑도 꿈도 흙먼지 속에 날려 버린다.

어쩌면 사랑의 증표는 명확하다고,

죄수의 이마에 찍힌 불도장처럼

우리의 심장의 날개를 핥고 있는, 저 안 보이는 물살처럼

그렇게 확실하다고 말하는 게 필요했을까?

(중략)

모든 것은 새벽에서 태어났다. 하루, 또 하루를 기다리는 열망과
함께

침묵 속에 떠나고, 동그라미는 깨어지고,

우리를 부르는 진흙 인형의 불가능한 입맞춤.

모든 것은 여름에 태어났다. 여름에는 현실과 꿈이 뒤범벅이 되니까.

부조리의 손을 잡고, 절대 다시 돌아올 길 없는 것의 손을 잡고

어디론가 항상 떠나고 있는 것의 손을 잡고

너를 이룩하고 있는 빛의 침묵을 기다리는 날

네가 어리둥절해서 다다른 곳은 네 발길을 거부하는 문, 문들…….

만나고 헤어지는 인생살이, 그 미궁 속에서 사랑의 증표를 찾아
헤매는 열망의 발길은 늘 무거운 철문, 그 출입 금지의 문 앞에 어
리둥절해 서 있다. 구태여 헤어졌기 때문이라고 말할 수 있으랴. 너
와 나의 헤어짐은 그때의 너, 그때의 나, 내가 그토록 예쁘게 바라

보던 발그레한 너의 볼, 네가 그토록 만지작거리던 내 눈 언저리의 상기된 표정과의 영원한 이별을 뜻한다.

이런 유행가 속에 나옴직한 흔한 사랑의 이야기가 낯선 시의 이미지로 우리의 눈에 육박하는 것은 나바의 참신한 시어의 마술 때문이다. 그녀는 엄청난 생략과 비약의 명수이다. 예를 들어 사랑의 증표를 "죄수의 이마에 찍힌 불도장"에 비하는 것이라든지, "절대 다시 돌아올 길 없는 것의 손을 잡고" 등등 그녀의 수사법은 평범 속의 비범 그것이다. 가장 추상적인 인연의 끊김을, "네가 어리둥절해서 다다른 곳은 네 발길을 거부하는 문, 문들⋯⋯"이라고 한다. 이처럼 시간의 문은 누구에게도 되돌아가게 허락하지 않는다. 아무리 안타까운 사랑의 추억이 있는 곳일지라도⋯⋯.

나바는 그녀의 스승 라몬 로뻬스 벨라르데처럼 일상적 표현 속에 무서운 추상적 이미지의 접합을 시도한다. 땅 짚고 구름을 잡는, 구체적 일상 속에 참신한 이미지를 통한 끝없는 상징을 시도함으로써 늘 새로운 시적 체험으로 독자를 인도한다.

　　오라

　　너를 잊을 수 있도록 좀 도와 달라

　　내 얼굴에 남기고 간

　　순간순간 계속 다른 너의 시선을

계속 다시 찾지 않도록

도와 달라

발정기 짐승 우리들의

아름다운 고독을 잊을 수 있도록

네가 나를 도와주면

약속하마, 나는 절대 너를 찾아 나서지 않으마

어느 거울 속에서도, 어느 찻잔 속에서도.

우리 모두는 조금씩 이런 안타까운 경험들을 가지고 있다. 잊어버리고 싶어도 잊지 못하는 실연의 아픔들. 그런 안타까움이 이 정도로 새롭게 시화된 것은 "어느 찻잔 속에서도"처럼 너와 나의 아픈 기억의 순간을 꼭 짚어 제시하기 때문. 우리는 때때로 헤어진 사람과의 기억을 바람, 더러는 웅웅 대는 전봇대 밑이나 장미의 숲, 찻잔 속에서 발견하곤 한다. 너와 함께했기에 이미 너의 것이 되어버린 많은 뒷골목, 카페, 혹은 낡은 여관의 뒷문들…….

종소리는

안개의 파도 속에 우리가 오기를 기다리는

어느 열린 도시의 대문들을 향하여 달려갔다

하루가 부서져 내린 햇살이

바쁠 것 없는 한 도시의 첫 수국들이 피어 있는 곳을

발견하는 말들을 가로 비쳐 주고 있었다

도시에는 모든 시계들이 부동의 흔적을 남기고 가는 듯했다

그 성 속에서 황제는 문득 왕관을 잃어버렸지만

사랑과 펼쳐진 깃발의 하늘 아래 우리는

사랑의 얼굴 같은 벌거벗은 증표를 찾아 헤맸다

사랑의 아침에 처음 벌거벗는 사랑처럼

항구의 멀리에서 새들이 돌아오고 있었다

갑자기

시의 형태가 시인의 입술로 되돌아오듯이

그렇다. 이것은 안개 속에 사라져 간 사랑의 추억의 성을 찾아간 기억이다. 과거나 꿈은 붙잡을 수 없는 안타까움 때문에 같은 먼 도시에 산다. 거기 "수국"이 피어도 "영원히 사랑해!" 하던 시간이 영원히 머물러 있었던 듯싶어도, 그러나 그것은 오직 시인의 입술에서나 맛이 감도는, 현실적으로 영원히 다시 갈 수 없는 "돌의 도시"이다.

시인은 황제의 왕관을 포기한다. 일상 속의 작은 사랑의 기억을 눈물과 위안으로 되새김질하는 작은 일꾼. 그 슬픔과 그리움, 안타까움만큼이나 시인은 우주를 닮았다. 그와 그의 시가 끝내 망각 속에 살 운명만큼이나 모든 사라지는 시간을 닮았다.

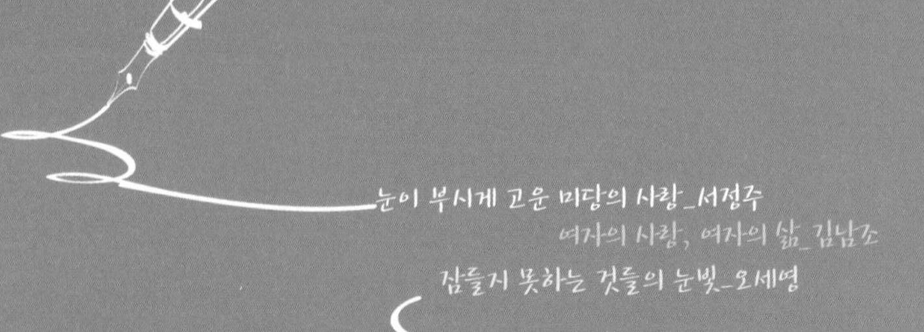

눈이 부시게 고운 미당의 사랑_서정주
여자의 사랑, 여자의 삶_김남조
잠들지 못하는 것들의 눈빛_오세영

2부
한국 사랑의 시

사랑하는 마음은 사랑이 끝났다고 끝나지 않는다.

너와 함께 보았던 무지개를 보아도 네가 생각난다.

비가 와도 네가 생각난다. 산수유꽃이 피면 네가 더욱 생각난다.

구름만 보면 눈에 비가 오고...

그리하여 내 그대를 사랑하는 마음은 사계를 움직인다.

눈이 부시게 고운 미당의 사랑

살풀이 승무가 세계 어느 무용과 다르듯 미당의 사랑 시 또한 서양의 사랑 시와 매섭도록 다르다. 비교가 불가능하리만큼 고요하고 깊다. 그것은 어쩌면 "한오백년 살자는데, 웬 성화요……" 노래하던 우리 민족의 사랑지상주의를 누구보다 잘 소화한 시인이 미당 서정주였기 때문이리라.

사실 우리 노래와 시의 전통은 사랑 테마가 단연 앞선다. 1세기에 "꾀꼬리도 다 짝이 있어 쌍쌍이 노니는데 임 잃은 나는 어이 홀로 돌아갈꼬" 하며 울던 유리왕의 애끓는 노래 〈황조가〉부터, 백제 아녀자의 "달하, 노피곰 도다샤 / 어긔야 머리곰 비춰오시라" 하던 눈물 섞인 하소연, 사랑 노래의 백미인 고려가요 〈가시리〉에 이르기까지.

　　가시리 가시리 잇고 나는
　　바리고 가시리 잇고 나는

　　날러는 엇디 살라하고
　　바리고 가시리 잇고 나는

　　잡사와 두어리마나는
　　선하면 아니 올셰라

　　셜온님 보내읍 노니 나는
　　가시난 닷 도셔 오쇼서 나는

　이 노래는 노래의 멜로디나 리듬보다는 노래 가사가 지닌 소리의 상징성이 더 큰 미학으로 작용했다고 본다. 그런 까닭에 우리의 육자배기나 흥타령에서 볼 수 있듯 맛깔스러운 소리의 구사가 오늘의 랩보다 더욱 호소력 있게 어필했으리라는 생각이다. 〈가시리〉는 임을 보내는 고려 여인의 안타까운 이별의 노래이다. 임을 보내면서도, 보내 드려야 한다는 것을 알면서도, 그 고운 마음 자락에 자꾸 도포 자락이라도 잡고 싶은 미련과 목메임이 있다. 그것은 흐름과 맺힘의 시학이 이 노래의 기본 틀로 작용하고 있기 때문이다.

반침이 없는 "가시리 가시리"는 흐름의 패턴을 주도한다. 그러나 그 말 마디마다 "잇고"라는 된소리 받침이 붙어 맺힘의 여운을 남긴다. "바리고 가시리 잇고" 또한 같은 패턴이다. 거기에서 "날러는 엇디 살라하고"의 "엇디"가 북소리처럼 한스럽게 메아리친다. 노래의 리듬은 마지막 "가시난 닷 도셔 오쇼셔"의 그 "닷"이라는 소리에서 정점에 이른다. 이 작은 단음절에는 무정하고 뒤도 안 돌아보고 핑핑 떠나가는 임에 대한 원망이 서려 있다. 그러면서 동시에 그렇게 핑 갔다가 어서 핑 돌아오소서 하는 간절한 소망이 들어 있다. 이렇게 가시는 임을 곱게 보내 드리고 싶은 마음과 차마 보내 드릴 수 없는 목메임의 메아리가 감칠맛 나게 〈가시리〉를 감싸고돈다.

그러나 고려가요의 에로틱한 맛은 "남녀가 서로 좋아 희희덕거리는 노래男女相悅之曲"라는 이유로 없애 버린 노래 가사들에 있다. 다음은 〈만전춘별사〉 중 한 대목이다.

얼음우희 댓닙 자리 보와 님과 나와 어러주글만뎡
얼음우희 댓닙 자리 보와 님과 나와 어러주글만뎡

情둔 오밤 더듸 새오시라 더듸 새오시라

이 얼마니 가슴 저리는 애틋한 사랑의 노래인가. 얼마나 불같이 뜨거운, 아니 불보다도 더욱 뜨거운 너와 나의 사랑인가. 얼마나 뜨거운 사랑이기에 차가운 얼음 위에, 서슬 퍼런 파란 댓잎으로 차가움이 겹쳐도, 이렇게 둘이 껴안고 오래 있기만을 원했을까. 겉으로는 얼음이 차니까 댓잎을 깔고 자리를 마련한다는 말이다. 그러나 이미지로 새겨 보면 댓잎의 모양이 동그랗기보다는 날카로운 데가 있어 차다. 파란 색깔 또한 차갑다. 따라서 얼음 위에 차가움과 차가움을 겹쳐도 우리 사랑의 불을 끌 수 없다는 뜻이다.

미당의 사랑 시가 1938년 첫 시집 《화사花蛇》에서부터 짙은 에로티시즘에 젖어 있는 것은 결코 우연이 아니다. 우선 위에 말한 우리 고려가요의 전통과 함께 서정주 시인이 태어난 고창 선운사 근방이 토속적 냄새가 짙다. 그곳이 여자가 마시면 오줌 줄기가 요강을 깬다는 복분자술의 본고장이며 장어 맛이 끝내주는 곳이기 때문.

1. 짐승스런 웃음은 달더라

"짐승스런 웃음은 달더라"라는 구절은 미당의 시 〈입맞춤〉에 나오는 말이다. 미당의 첫 시집 《화사》는 그 제목부터 이브의 원죄의 원흉 냄새가 난다. 시인은 〈화사〉라는 시에서부터 "이브를 꼬여 내

던 달변의 혓바닥"이라느니 "아름다운 배암"이라느니 "징그러운 몸
뚱어리"라고 하면서 기독교적 상징성을 앞세우고 있다. 그러나 미
당의 기독교는 원죄에 대한 죄악감보다는 오히려 "징그럽게", "고
운 입술"에 대한 이상하리만큼 성적으로 매혹적인 아름다움에 심
취하고 있다. 그 "배암"은 마침내 성행위를 권유받는 남성 성기의
이미지로 끝난다. "우리 순네는 스물 난 색시, 고양이같이 고운 입
술……. / 스며라, 배암!".

　이 시집에 나오는 미당의 사랑은 모두 육체적 사랑 찬가이다. 시
〈대낮〉을 보면, 모든 이미지들이 에로티시즘의 극치이다. "따서 먹
으면 자는 듯이 죽는다"나 "아편 먹은 듯 취해 나자빠진 / 능구렁
이 같은 등어릿길"과 같은 이미지들은 모두 마약에 빠지듯 성에
도취한 죄 짓기의 달콤한 맛. 거기에 "능구렁이", "등어릿길"과 같
은 비슷한 소리의 반복은 시골 산등성이 길 자체를 살냄새와 살맛
이 진동하는 에로틱한 무대로 둔갑시킨다. 그 길을 "강한 향기로
흐르는 코피 / 두 손에 받으며" 수컷은 암컷을 쫓고……. 마지막
연에서는 성애의 극치감이 신비주의 냄새가 나는 황홀경으로 두
몸을 인도한다. "밤처럼 고요한 끓는 대낮에"라는 시구에서 "밤"
과 "낮", "고요"와 "끓는"이라는 엄청난 반어법적 이미지들을 한데
충돌시킴으로써 불꽃 튀는 신비성을 연출한다. 그렇다. 성애의 오
르가즘은 너와 나, 밤과 낮, 끓음과 고요가 하나 되는 절정감이다.
여기에서 "대낮"은 한밤중과 같다. 극과 극이 맞닿는 자리에 참황

홀이 꽃핀다.

시 〈입맞춤〉에서는 웃음과 울음이 하나된다. “짐승스런 웃음은 달더라 달더라 / 울음같이 달더라”. 그렇다. 이브와 아담의 입맞춤이 원죄의 시작이고 인류 타락의 시원이라면, 그것은 세상이 ‘눈물의 계곡’이 된 원인이다. 그러나 그런 기독교적 해석을 넘어 미당의 〈입맞춤〉은 웃음인지 울음인지 연속되는 너의 뜨거운 단음절을 연상시킨다. 물론 “달더라 달더라”와 같은 과거형 이야기 투로 부드럽게 노래하기는 했지만 거기에는 분명히 성애가 가져오는 분별과 역설의 하나됨과 같은 맛이 있다. 몸서리치도록 좋은, “쑥잎”의 파란색과 “이빨”의 하얀색이 하나 되는, 모두가 무죄인 “짐승스런 웃음”과 “울음”의 합일이 바로 에로티시즘의 극치감이다.

미당의 “짐승스런 웃음”에는 기독교적 원죄 의식이나 참회가 없다. 물론 시집 《화사》의 바탕은 꽃뱀 테마와 에덴동산의 원죄 의식으로부터 출발한다. 시인이 자주 언급하는 아담과 이브 이야기, “웃음 웃는 짐승”이 나오는 〈정오의 언덕에서〉라는 시에 인용되는 구약성서의 ‘솔로몬의 아가’에 나오는 구절이 그것이다. 그러나 미당은 기독교인이 아니다. 그는 오히려 그것이 죄악인 것을 잊어버린 “짐승” 편이다. 아니면 오히려 그 쾌락의 절정감을 찬양하고 즐긴다. 짐승스럽고 도둑스러운 성 훔치기의 기묘한 쾌락. 그 서럽도록 좋은 극한의 느낌이 그것이다. “무한 욕망의 그윽한 이 전율을” 향하여 “춤추며 뛰어가자”라고 부르짖는다.

2. 미당의 나라 사랑의 그늘과 빛

"애비는 종이었다"라고 고백한 시인에게 우리 문학은 엄청난 이데 올로기적 부담을 안겼다. 친일파 시인, 전두환 독재에 아부한 어용 시인이 그것이다. 부정할 수 없는 이러한 이력은 그를 사랑하고 존경했던 우리 모두에게 커다란 서운함을 안겨 준 게 사실이다. 제국주의 압제나 독재에 시달린 제3세계 국민들에게 문학인은 국민이 기댈 만한 유일한 지성이고 엘리트였기 때문에 우리의 실망은 더욱 클 수밖에 없었다.

그러나 서정주는 이 나라를 이끈 지성이라는 말을 하지는 않았다. 미당은 오히려 〈자화상〉에서 자신을 종의 자식이라고 고백했다. "……나를 키운 건 8할이 바람이다. / 세상은 가도 가도 부끄럽기만 하더라. / 어떤 이는 내 눈에서 죄인을 읽고 가고 / 어떤 이는 내 입에서 천치를 읽고 가나 / 나는 아무것도 뉘우치진 않으련다. / 찬란히 피어 오는 어느 아침에도 / 이마 위에 얹힌 시의 이슬에는 / 몇 방울 피가 언제나 섞여 있어 / 별이거나 그늘이거나 혓바닥 늘어뜨린 / 병든 수캐마냥 헐떡거리며 나는 왔다".

가난을 이기고 천대를 이기고 출세하지 말아야 좋은 지성, 좋은 시인이라는 우리의 기대에는 사실 문제가 많다. 미당이 태어난 나라는 일본의 종의 처지였고, 실제 미당의 집안 또한 가난하기 그지없는 처지. 그 처지에서 무슨 긍지와 자존심을 키울 수가 있었으랴. 자신은 "8할이 바람"의 자식임을 자인한다. "세상은 가도 가도 부끄럽기만 하더라”라고 고백한다. “헛바닥 늘어뜨린 / 병든 수캐마냥 헐떡거리며” 살아온 인생에게 무슨 양심을 묻는가. 출세할 수 있는 길이면 눈을 부라리며 달려갔을 뿐.

우리의 애국주의에는 엄청난 편견이 도사리고 있다. 첫째, 일제에게 나라를 잃지 않았어야 진정한 애국이다. 그런데 나라를 빼앗기지 않으려고 이 나라 저 나라 대사관을 쫓아다니다가, 마침내 일제의 칼날과 불길에 희생된 국모 명성황후는 참애국자로 치지 않는다. 일본이 우리나라를 집어 삼키는 데 유일한 장애물이었던 명성황후는 우리 민족에게 누구인가. 우리 조국을 지키기 위해 목숨 태워 투쟁한 우리의 유일한 보루요 애국자였지 않은가. 한일합방을 알고 자결한 민영환 어른이 진짜 애국자이다. 꼭 나라를 잃고 나서 시간이 지난 뒤 독립운동을 해야 국립묘지에 모시는 것이 정말 진정한 애국자들인가. 둘째, 나라를 잃은 일제 강점기에서 일본 물을 안 먹은 백이숙제가 어디 있었는가. 나라를 잃지 말았어야지, 나라를 잃고 나서 그 시대에 먹고 살기 위해 발버둥 친 목숨이 다 친일이고 반역이고 매국인가? 우리 문인들의 친일 행각을 매국 행위로 몰아치는 것은 문제가 있다.

내 말은 우리의 애국주의가 참패주의의 산물이어서는 안 된다는 것. 즉 나라를 잃지 않게 하는 것이 가장 바람직한 애국이고, 나라를 잃고 나서 다시 찾기 위한 독립운동은 그 다음이어야 한다. 또한 일제 강점기 때 친일파나 친일 행각은 정도의 차이는 있겠지만, 모두 다 국가 비운의 희생물들이다. 미당이 일본 천왕을 칭송하고 입대를 독려한 친일 행각을 비호할 생각은 없다. 또한 전두환 독재를 감싸고돈 행위도 결코 아름답지 못했다. 다만 국가의 비운에 무기력했고 늘 권력의 힘에 약했던 한 탐미주의 시인의 "병든 수캐마냥 헐떡거리며" 달려온 길을 탓할 수만은 없다.

그러나 그가 바르지 못했다고 그의 시가 아무것도 아니라는 생각은 지나치다. 미당에게는 권력에 늘 약한 열등 콤플렉스가 있었던 것이 사실이다. 그러나 평생 이렇다 할 아무런 힘도 부도 할당받지 못한 그의 생애는 오히려 시와 탐미주의에 더 집착할 수밖에 없었다. 그는 부족한 현실보다는 풍성한 꿈으로 산 시인이다. 미당은 현실의 종, 꿈의 귀족이었다. 그가 그의 꿈으로 현실을 걸을 때, 눈 감고 고속도로를 가는 소경처럼 어처구니없는 잘못과 아첨을 스스럼없이 저질렀다. 그러나 그 순간에도 그가 참꿈으로 시로 되돌아왔을 때에는 여전히 진솔한 시인이었다. 그의 시와 사랑, 사랑 시의 진솔성이 우리를 깊이 감동하게 하는 것은 바로 그것이 그의 내부로부터 시인의 생을 지탱하게 한 참뿌리였기 때문이다.

미당의 현실적 삶이 늘 할애받지 못한 권력이나 권위에 대한 굶주림이었다면 시인은 늘 초현실이나 초월의 세계에서 숨을 쉬고 목을 축이고 꿈을 키웠다. 미당이 노벨상을 꿈꾸며 내게 번역해 주기를 바라던 자선시집 《안 끝나는 노래》의 시들 중 제2시집 《귀촉도》에 〈민들레꽃〉이라는 시가 있다. 미당께서는 1983년 1월 그 시

집을 내게 주면서 번역해 주었으면 하는 시들을 친절하게 하나하
나 체크해 놓았었다. 나는 언뜻 보아 대단치도 않게 보이던 그 시
를 미당께서 자랑스럽게 여기는 이유를 알았다. 〈민들레꽃〉에는 자
신을 종이나 "문둥병의 하늘 밑에 사는" 사람쯤으로 자신을 비하
하고 있었다. 이런 버릇은 미당에게는 대단히 빈번한 비유로 첫 시
집 《화사》에서부터 보인다. 현실에 대한 불만족이 항상 극단이었
던 미당, "알라스카로 가라! / 아라비아로 가라! / 아메리카로 가
라! / 아프리카로 가라!"라고 부르짖던 자유와 꿈을 향한 도피주의
자……. 그가 찾는 도피처는 이상과 현실이 아닌 여자의 육체 속
에 마약 먹은 듯 취하는 것, 아니면 아무 데나 먼먼 이국땅으로 달
아나는 것이었다.

시 〈민들레꽃〉에서 알 수 있듯 미당은 데카당(퇴폐주의)이었다. 문둥
이처럼 버려진, 허물어진, "눈도 코도 없이" 쓸데없는 데서 다 버리
고 텅 빈 아름다움을 찾는 퇴폐주의자. 그러나 그의 '퇴폐주의'에
는 좌절과 고통의 피가 묻은 아픔이 배어 있다. 어떻게 "들키면 큰
일 나는 숨들을 쉬고" 살았을까. 그렇다. 일제 강점기에서는 산다
는 것은 산다는 그 자체가 부끄러움이고 "들키면 큰일 나는" 일이
었다. 그의 친일 행각은 바로 그런 공포 속의 손떨림이나 비굴함, 아
첨의 몸짓에 불과했다. 미당은 그저 "들키면 큰일 나는 숨"이나 쉬
고 사는 것으로 충분했다.

미당은 데카당 보들레르를 알고 《악의 꽃》을 탐독했다. 그는 천

한 아프리카 흑인 창녀의 아름다움을 읽었다. 예술을 위한 예술, 아름다움을 위한 아름다움이 있음을 알았다. 미당이 퇴폐주의에 탐닉할 수밖에 없었던 것은 그가 태어나고 살아온 조국의 현실이 그로 하여금 실제로 어떤 이상도 꿈도 양심도 간직하고 살게 내버려 두지 않았기 때문이다. 시인은 그 모든 것을 떠나 자신을 지탱할 수 있는 숨은 병기로 데카당 시라는 희망 아닌 희망적 비전을 얻었다. 데카당에 의하면 시와 아름다움은 어떤 윤리적 잣대나 정치적·실용적 가치로 평가되거나 좌우되지 않는 곳에 산다. 그래야 더욱 순수하고 고고한 아름다움이고 좋은 예술이다. 미당은 그런 시학에서 자신의 이정표를 얻는다.

〈민들레꽃〉의 끝 구절은 불교의 모두 버림, 다 비움의 냄새가 나면서도 실은 "소주"라는 도취의 이미지로 채색한다. 미당은 불교적 해탈을 꿈꾸지는 않는다. 마치 마약에 취해서 시를 쓴 랭보처럼 모든 허울과 타성과 의식의 해방을 꿈꾼다. "소주"에 취하거나 마약에 취하는 것이 비도덕적이기 때문에 비시적이라는 생각은 데카당에게 통하지 않는다. 오히려 타락하고 비도덕적이어서 더욱 오롯이 시적이고 아름답다. 칸트가 말하듯 진정한 아름다움은 다른 아무런 이유도 없이 그저 아름답기 때문에 아름다운 "무관심성"이 그 본질이다. "소주와 같이 소주와 같이 / 나도 또한 날아나서 공중에 푸를리라"는 시구는 미당의 시학이 얼마나 함축적이고 깊은가를 말해 준다. 특히 "날아나서"란 표현은 소주가 "날아나다"는 말과 "새가 날다"의 이미지를 함께 연상시킨다. 해방이건 해탈이건 두 이미지 다 공중으로 떠오르는 것은 마찬가지. 모두 다 사라진 그 높은 곳에서 초월적으로 "푸를리라"가 참으로 참스러운 시인의 꿈이다. 내가 미당의 시에 붙인 "탐미주의"라는 정의는 "데카당"의 다른 뜻이 아니다. 오스카 오일드가 데카당이면서 탐미주의이듯이 둘은 늘 같은 계열의 용어들이다. 즉 "예술을 위한 예술"이라는 정의로 묶을 수 있는 한 고리의 사조라는 것.

미당이 자신이 저지른 친일 행위를 자랑스럽게 생각한 일은 없다. 〈이런 나라를 아시나요〉에 드러나듯 그것은 "육체가 세계에서 제일로 싼 나라"에서 이루어지는 흔한 매춘 행위나 마음 전당포 잡히기 정도였으리라. 미당이 전두환 정권에 홀린 것도 고독한 일상에서의 잠 깐 외박 정도였으리라. 문인협회 회장을 몇 번이나 지내고 늘 문인 제가들이 들끓는 옆집 김동리 선생을 늘 부러워하고 시새움했던 미당. 그러나 미당은 현실적으로 현금으로 복 받지 못한 나라이지만 이 나라 사람의 마음만은 "절대로 아주 팔지는 않는 나라"임을 알았다. 우리 역사상 외세의 침략 '2천 년 합방'에도 고향을 잊지 않은 마음들이 살고 있음을 알았다. 그리고 아무리 가난해도 쌀과 김치와 냉수만으로 아직 1만 년은 더 기다릴 수 있는 나라임을 안다.

3. 눈이 부시게 푸르른 사랑

그러면 다음은 진정한 깨달음로서의 사랑을 구가한 미당의 걸작
〈푸르른 날〉을 보자.

눈이 부시게 푸르른 날은

그리운 사람을 그리워하자.

저기 저기 저 가을 꽃 자리

초록이 지쳐 단풍드는데

눈이 내리면 어이하리야,

봄이 또 오면 어이하리야.

내가 죽고서 네가 산다면?

네가 죽고서 내가 산다면!

눈이 부시게 푸르른 날은

그리운 사람을 그리워하자.

시 전체가 각 10음절 정형시에 가까운 율격을 가졌다. 오직 "눈

이 부시게 푸르른 날은 / 그리운 사람을 그리워하자"에서 두 번째 시구가 11음절일 뿐. 그러나 그것도 후렴으로 시 앞뒤에 반복됨으로써 시에는 정형적 율격이 돋보인다. 심지어 "그리운 사람을 그리워하자"가 11음절로 튀는 것도 그 시구의 중요성으로 보아 색다른 표현미를 더한다.

시인은 어떤 이룰 수 없는 사랑의 상대를 생각하며 그리움에 몸부림치고 있다. 후렴의 첫 구절들에는, "눈이 부시게 푸르른 날은" 너에 대한 그리움을 더 이상 참을 수 없어, 자신에게 타이르듯 그리워하기를 스스로에게 허락하는 눈물겨운 정경이다. 젊은 시절 미당의 가난과 못남은 사랑하는 여자와의 관계를 쉽게 인정받을 수 없는 처지였으리라. 이런 내외적 사정으로 시인은 그 여인을 생각조차 말자고 스스로 다짐을 했는지도 모른다. 그러나 아무리 다짐을 하고 맹세를 해도, 이렇게 "눈이 부시게 푸르른 날"에는 그녀에 대한 그리움을 더 이상 접을 수가 없었으리라.

다음에 오는 자기변명에 가까운 안타까움의 말들. 꽃들도 떨어져 낙엽이 되고, 낙엽은 눈이 되고, 그리고 또 소름끼치게 네가 생각나는 봄이 오고……. 이렇게 자연 만물이 너만 그리워하게 만드는데, 생각하지 않겠다고 해도 생각나지 않을 방법이 있겠는가. 그리고 그다음 생각은 결정적이다. "내가 죽고서 네가 산다면? / 네가 죽고서 내가 산다면!". 첫마디는 무정하게 나를 안 만나겠다는 너에게 되묻는 천둥 같은 질문이다. 내가 자살하겠다는 소리가 아니다. 네 말대로 더 이상 만나지 않고 참다가 내가 죽겠다고 치자. 정말 너는 내가 그립지 않겠느냐? 그리고 똑같은 질문을 비겁하게 그리움을 참고 있는 나에게 되묻는다. 자문자답에 대한 결론은 한 가지. "눈이 부시게 푸르른 날은 / 그리운 사람을 그리워하자".

그렇다. 이 마지막 말은 거의 깨달음에 가까운 사랑 예찬론이다. 이러쿵저러쿵 세상 일로 너와 나의 사랑을 포기하지 말자. 산다는 게 사랑보다 더 중요한 게 어디 있는데? 너와 내가 사랑하고 살아도, 결국은 누가 먼저 죽고 누구는 그 무서운 그리움과 슬픔을 살아야 돼……. 지금 그런 사소한 이유로 헤어지지 않아도 종국에는 둘 다 소름끼치는 이별을 할 거야. 그것이 인생이야. 그러니 오늘같이 "눈이 부시게 푸르른", 인생의 모든 의미가 우리 둘의 사랑에 있다는 눈부신 깨달음이 있는 순간, 너와 나 사랑을 다시 잇고 사랑을 살리자! 그 길만이 우리의 삶과 사랑을 제대로 사는 길이야, 그 기쁨과 이별의 아픔까지…….

그러나 미당의 사랑은 엄청난 에로티시즘도, 깨달음에 가까운 인생의 참맛도 서럽도록 아름다운 체념으로 얼룩진다. 영원한 사랑을 약속하고도 이승에서의 약속은 늘 깨어지기 마련. 그래서 우리는 더러 질척거리는 사랑맛까지 놓고 가고 싶은 충동을 느낀다.

그렇다. 지금 처와 이혼하고 너와 함께 살자고 약속도 했었지. 아니면 둘이 아프리카로 가서 단 둘이 행복하게 살자고도 했었지. 아니면 영원히 너만을 사랑한다고도 했고. 그러나 이제 그런 부질없는 약속은 않기로 한다. 백 년도 못 사는 주제에 무슨 영원까지……. 하도 많이 사랑의 약속을 어기다 보니, 이제 참으로 사랑다운 사랑은 사랑을 체념하는 것이라는 생각이 든다. 그래서 미당은 시 〈가벼이〉에서 말한다. "도중에서 / 한눈이나 좀 팔고"라고. 꽃 같은 "너 대신 / 무슨 풀잎사귀 하나 / 가벼이 생각하면서 (중략) / 가벼이 한눈 파는" 바람둥이 혹은 나그네. 그러기 위해서 나는 꽃과 결별해야 한다. "너와 나 사이 / 절간을 짓더라도"라는 표현에는 결코 가볍지 않은 체념의 아픔이 서려 있다. 그러나 그 아픔을 딛고 너와 내가 지어 가는 아무 의미 없는 만남의 절, 그런 "풀잎사귀 절"에도 이슬이 열리고 끝없이 기도하는 목탁 소리가 들린다. 그렇다. 야단스러운 사랑보다는 더욱 영원에 가까운 사랑 짓기가 이런 것이 아닐까.

언제부터인가 미당은 사랑을 말할 때마다 체념과 마음 비우기를 일삼는다. 〈피는 꽃〉을 보자.

사발에 냉수도
부서 버리고
빈 그릇만 남겨요.
아주 엷은 구름하고도 이별해 버려요.
햇볕에 새 붉은 꽃 피어 나지만

이것은 한낱 당신 눈의 그늘일 뿐,

두 번짼가 세 번째로 접히는 그늘일 뿐

당신 눈의 작디 작은 그늘일 뿐이어니……

그러나 이것은 체념이 아니다. 처음 생각은 다 잊고 비우고 "구름"도 보지 말고 한숨도 쉬지 말자고 다짐하는 것이다. 그러나 다시 그리움이 꽃처럼 피어난다. 사랑의 마음이 소록소록 피어난다. 하지만 그것은 사랑이 아니라 "한낱 당신의 눈의 그늘"이나 눈썹일 뿐이라고 생각하란다. 그래도 자꾸자꾸 눈에 삼삼하면, "두 번짼가 세 번째로 접히는 그늘일 뿐 / 당신 눈의 작디 작은 그늘일 뿐"이라고 무시하라고……. 얇을수록 얇아질수록 더욱 뼛속 깊이 사무치는 그리움을 시인은 아무것도 아니라고, 아무것도 아닌 것처럼 생각하라고. 너무 아무것도 아니어서 대기의 고요까지 아픈…….

그렇다, 인연이란 만나고 헤어지는 것. 그래서 이별은 사랑이 주는 업보처럼 늘 받아들여야 할 찻잔이나 바람이다. 그래서 미당의 아무렇지도 않은 이별은 너무 슬프지 않아서 하늘이 운다.

슬픔은 무섭다. 아픔은 무섭다. 섭섭함도 무섭다. 미당은 시 〈연꽃 만나고 가는 바람같이〉에서 "아주 섭섭하지는 말고 / 좀 섭섭한 듯만 하게", 그냥 서운한 듯만 한 마음으로 헤어지잔다. 전혀 아무 일도 아닌 것처럼 그렇게……. 섭섭함이야 있겠지만. 딴 남자와 결혼한다는데 영영 이별이지……. 결혼하고 살다가 죽어도 내 알 바 아니고. 그러나 그러지는 말자고 한다. 이승에서 인연이 없어 남이 되어 살아도, "내생에서라도 / 다시 만나" 끊어진 인연을 다시 이을 수도 있지 않겠는가. 그런 마음으로, 너무 숨막히는 결별은 아니게, 고통의 바다인 우리 인생을 부드러이 헤엄쳐 가자고 한다.

연꽃이나 인연이라는 것이 만나면 또 헤어지게 되어 있는 것. 연꽃을 만나러 갈 때에는 기쁘고 만나고 헤어지면 슬프지 말고, 만남과 헤어짐을 한결같이 바람의 탓으로 돌리고 그런 바람처럼 더러 따스하게 더러 무심하게 이별하자고 한다. 그런 바람결처럼 조금은 서늘해지지만. 그러나 그것도 지금 지나가는 바람이어서는 너무 서늘하다. 어제 바람도 쓸쓸하다. "한두 철 전 / 만나고" 지금 다 잊고 떠나가는 바람처럼, 아무렇지도 않게 아무렇지도 않게……. 이렇게 아무렇지도 않게 무심하게 보낸 사람은 또 아무렇지도 않게 봄이 되고 가을이 되리라. 그리움이 피고 지고 구름이 일고……. 그래서 미당의 데이트 시간은 "먼 산 가랑나무 잎사귀"가 된다.

내 데이트 시간은

인제는 순수히 부는 바람에

동으로 서으로 굽어 나부끼는

가랑나무의 가랑잎이로다.

그대 집으로 가는 길

도중에 섰는 갈대

그 갈대 위의 구름하고도

깨끗이 하직해 버린 내 데이트 시간은

이승과 저승 사이

그 갈대의 기념으로

내가 세운 절간의 법당에서도

아주 몽땅 떠나 와 버린 내 데이트 시간은,

인제는 그저 부는 바람 쪽

푸르른 배때기를

드러내고 나부끼는

먼 산 가랑나무 잎사귀로다.

미당의 〈내 데이트 시간〉은 이미 인간의 시간이 아닌 사시사철 자연의 시간이다. 사람 냄새가 지워져 버린, 절간의 향냄새조차가 버린 푸른 나무 이파리의 나부낌. "동으로 서으로 굽어 나부끼는". 만남이어도 좋고 헤어짐이어도 슬프지 않은 가랑잎의 나부 낌. 만날까 말까 망설이던 내 사랑의 주저도 그 "갈대"도, 헤어지면 또 그리워질 저 "구름"을 어쩔 줄 몰라 하던 두려움도 이제는 없다. "눈이 부시게 푸르른 날은 / 그리운 사람을 그리워하쟈" 다짐하던 "이승과 저승 사이", "절간의 법당"에서 모시던 사랑도 이제 "아주 몽땅 떠나 와 버린 내 데이트 시간"은 이제 너무나 맑고 푸른 하늘 아래 "푸르른 배때기를 / 드러내고 나부끼는 / 먼 산 가랑나무 잎 사귀"라고 말한다.

나는 이 "먼 산"이라는 말에서 미당이 내게 지어 준 "원산遠山" 이라는 호가 생각난다. "먼 산"은 영원한 산의 시작이며 끝이다. "나부끼는"은 시간성이다. 여기에서 이 가랑나무 잎사귀의 모습은 사랑의 색즉시공色卽是空의 이미지. 이 "푸르른 배때기"는 텅 빈 배 부름이다. "나부끼는 / 먼 산"은 시간 속의 영원, 깨달음의 시간 같 은 이미지이다.

4. 사랑지상주의의 초월적 상상력

나는 앞에서 미당이 한국인의 사랑지상주의를 이어받은 훌륭한 현대 시인이라고 했다. 우리 민족의 한恨이라는 것도 따지고 보면 사랑의 한이다. 〈아리랑〉의 "아리랑 아리랑 아라리요 / 나를 버리 고 가시는 님은 / 십 리도 못 가서 발병이 나네"는 사랑의 앙탈이 고 넋두리이다. "날 좀 보소, 날 좀 보소, 날 좀 보소오 / 동지섣달 꽃 본 듯이 날 좀 보소”도 애교 있는 구애가이다. “동지섣달 꽃 본 듯이”, 이 얼마나 절절한 토속적 서정의 꽃인가. 또한 걸작 중의 걸작인 “한오백년 살자는데 웬 성화요”도 동서에 없는 기막힌 사랑의 하소연이다. 비슷한 상상력의 산물이 미당의 〈소연가小戀歌〉이다. 무슨 벼슬이나 했다고 “머리에 석남꽃을 꽂고 / 한 서른 해만 더 살아 볼꺼나”인가? 아니다. 미당이 옳다. 진짜 벼슬은 이렇게 사랑으로 “죽어서도 살아나서” 함께 사랑하며 사는 것.

〈소연가〉의 진짜 매력은 사랑하는 사람의 죽음 앞에서의 나의 죽고 싶은 마음을 형상화했다는 것. 어디 그뿐인가. 사랑하는 사람이 깨어나면 나도 깨어나야지. 강가 초막집 한 이불에서 꿈같은 꿀 같은 하룻밤을 지내고, “내가 깨어나면 / 내 깨는 바람에 / 너도 깨어나서” 너와 나는 또 엊저녁 못다한 사랑을 나누곤 했었지. 그러니까, 이런 상상은 누구에게나 있었던 일이다. 더구나 네가 죽었다 깨어나는데, 네가 깨는 바람에 내가 깨어나지 않을 수 있었으랴. 미당은 이렇게 누구에게나 있었던 사랑의 경험을 타고 이승과 저승을 넘나든다. 사랑하는 사람이 죽으면 누구나 이럴 수밖에 없지 않겠느냐는 듯……. 이런 초월적 사랑의 삶도 서양 시처럼 영원히 살자고 하지는 않는다. “한 서른 해만 더 살아 볼꺼나”, 즉 이만한 청이면 하느님도 들어주지 않을까이다. 이 얼마나 겸손하고 애틋한, 작은 사랑의 소망인가. 너무 작은 청이어서 안 들어 줄 수 없는…….

그러나 그런 소망도 부질없다. 다 또 죽게 되니까. 인생에서 가장
확실한 지표는 죽음이다. 흙에서 왔다가 흙으로 돌아가는 것. 그래
서 미당은 〈기만한 꽃〉에서 또 이렇게 상상해 본다.

새가 되어서 날아가거나
구름으로 떴다가 비 되어 오는 것도
마음아 인제는 모두 다 거두어서
가도 오도 않는 우물로나 고일까.
우물보단 더 가만한 한 송이 꽃일까.

이 시의 끝 구절은 "…… 단 …… 가만한 한……"과 같은 소리
반복을 통한 소리 상징이 두드러진다. "우물보단 더 가만한 한 송
이 꽃일까", "ㄴ" 받침의 연속은 우리에게 안정감과 안온함을 느끼
게 한다. "우물"보다 더욱 정적인 것이 "꽃". 그 가만함에 못을 박듯
자꾸 "가만, 가만" 하는 소리가 메아리친다. 그렇다. 들짐승이 날짐
승이 되고, 구름이 되고, 비가 되고, 그것도 다 정을 못 잊어서 옮
겨 다니고, 다시 땅으로 돌아오는 것 아니겠는가. 이제는 그 돌고
도는 환생還生을 그만두고, "가도 오도 않는 우물로나 고일까". 아
니지. 물은 흔들림이 있지. 그보다 더 가만한 한 송이 꽃? 그것도

바람이 흔들면 또 어떡한다? 그리하여 "가만, 가만"의 노력이 필요하다. 이런 소리 상징의 표현미는 조용히 꽃으로 피어 있기 위한 안간힘의 여운으로 끝없이 메아리친다.

사랑하는 마음은 사랑이 끝났다고 끝나지 않는다. 시 〈내 그대를 사랑하는 마음은〉에서처럼 너와 함께 보았던 무지개를 보아도 네가 생각난다. 비가 와도 네가 생각난다. 산수유꽃이 피면 네가 더욱 생각난다. 구름만 보면 눈에 비가 오고. 그리하여 내 그대를 사랑하는 마음은 사계를 움직이고 끝없이 승화되어, 마침내는 "구름 없는 하늘에서 다시 살아요"라는 깨달음에 가까운 경지에 이른다. 플라토닉러브에서도 사랑은 끝없는 마음닦기 수도 행위이다. 미당의 불교적 상상력 속에도 사랑은 기도 못지않은 마음 다스림이 있다. 그것은 한없이 아름답지만 한없이 서럽기도 한 방황이고 환생이고 고통의 바다를 헤매는 것과도 같다. "산수유꽃 떨어져 시드시어서 / 구름으로 날아가 또 앉아 쉬다 / 햇빛에 무지개를 타고 오르면 / 구름 없는 하늘에서 다시 살아요".

오늘 시인들은 미당의 사랑의 시가 너무 고리타분하고 옛날 가락이라고 할지 모른다. 그의 시나 사랑에는 분명 오래된 냄새가 배어 있다. 오래된 사랑 냄새라고 오늘의 사랑 맛이 아닌 것은 아니다. 옛사랑이 따로 있고 휴대전화 시대 사랑이 따로 있다는 생각은 유치하다. 알타미라 동굴 속의 사랑이나 물침대 속의 사람이나 두 몸뚱어리 움직임은 비슷하다. 사랑의 근원적인 모습은 그리움이거나 아픔일 때 너무 비슷하다. 껌둥이도 눈물 흘릴 때 보면 나의 누이를 닮았다.

미당의 시는 12음절이 많은 노랫조이다. 우리 전통 노랫가락이 그렇듯 그의 노래는 사실적 언어를 피한다. 지난 노랫가락의 리듬과 어조를 따르면서 사랑의 본질적인 그리움의 양태와 마음 무늬를 그린다. 말씨 또한 "그대"라느니 "즈믄"이라느니 등의 고어조를 쓴다. 그러나 미당의 사랑 시가 참으로 감동적인 것은 사람이라면 누구나 겪는 사랑과 이별의 아픔, 그리움을 미당 특유의 동양화적 터치로 아프도록 섬세하게 묘사하고 있기 때문.

내 마음속 우리 님의 고운 눈썹을

즈믄 밤의 꿈으로 맑게 씻어서

하늘에다 옮기어 심어 놨더니

동지 섣달 날으는 매서운 새가

그걸 알고 시늉하며 비끼어 가네.

고어조로 자연스럽게 흘러가는 그의 노래 〈동천冬天〉에는 "고운 눈썹"이나 "님의 손톱" 같은 환유적 이미지가 돋보인다. 미당은 흔히 여인의 눈썹이나 손톱을 사랑하는 임의 표상으로 사용하곤 했다. 또한 이들 이미지를 초승달이나 그믐달 같은 천상의 정경으로 둔갑시킨다. 〈동천〉이란 시에도 비슷한 이미지가 있다. 그러나 이번에는 "고운 눈썹"의 이미지를 곧바로 상징으로 이끌지 않고, 다시 이미지에 이미지를 덧붙인다. "즈믄 밤의 꿈으로 맑게 씻어서 / 하늘에다 옮기어 심어 놨더니". 이제는 초승달인지 그믐달인지 일그러진 달의 모습이 나왔다. 달 언저리에 비슷한 모습으로 날갯짓하며 날아가는 기러기나 학이나 독수리의 그림이 보인다.

여기에서 미당의 탐미주의, 사랑지상주의는 시인의 사랑과 자연의 합일을 이룬다. 아니, 새는 오히려 미당의 사랑의 모습에서 한 수 배우고 있다. 그만큼 즈믄 밤을 갈고 닦은 사랑의 마음이기에, 그것을 하늘에 옮기어 놓으니 곧 초승달이더라. 그 초승달의 맵차게 고운 사랑의 눈빛을 "동지 섣달 나는 매서운 새"도 금방 알아차리고, "그걸 알고 시늉하며 비끼어" 가는 것이다. 스승의 그림자도 밟지 않는다는데, 어찌 그토록 고결한 사랑의 몸짓을 감히 스쳐 지나갈까. 그 모습을 시늉하며 배우고 경배하며 비키어 갈 뿐.

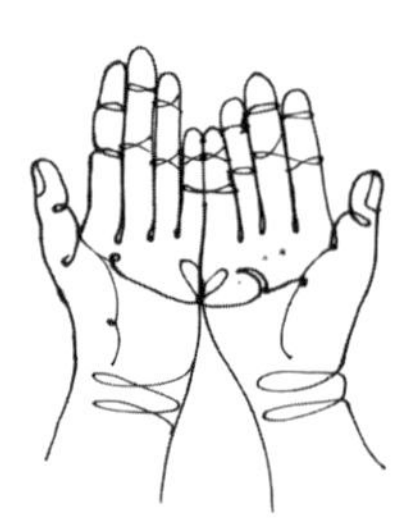

김남조
1927~

여자의 사랑, 여자의 삶

여자는 육체성, 남자는 관념성이 본질이라고 《성의 문화사》에서 말했다. 여자는 딸이고 어머니이다. 남자가 아들이고 아버지이듯이. 버트런드 러셀도 아버지의 사랑은 비본질적이며 추상적이라고 말한 기억이 난다. 어머니의 사랑은 시간적이고 육체적이다. 어머니는 아이를 배면 다달이 치르던 행사가 빨간 신호등으로 일단 멈춘다. 얼마 지나면 배 속에서 아이가 움직이기 시작한다. 열 달이 지나면 여자의 몸에서 아이가 태어난다. 어머니는 아이를 껴안고 자신의 젖을 물린다. 여자의 삶은 육체적이다. 여자의 사랑도 삶에 대한 생각도 살냄새가 묻어 있다.

그러나 이런 사고는 여자와 남자라는 이분법적 구도에서만 가능하다. 제3의 성도 있고 생각 없는 어린 아이의 성도 있다는 것을 생각하면 문제가 복잡해진다. 더구나 성적으로, 육체적으로 100% 남성은 없다. 남자에게도 여성 호르몬인 에스트로겐이 나오고 섹시한 여성에게도 남성 호르몬이 분비된다. 문화적으로도 이제는 여자대학교와 남자대학교가 구분되는 게 아니다. 구분되어 있어도 학문적인 구분이 거의 없다.

그럼에도 여자에 의하여 쓰인, 여자의 삶을 담은 문학이 존재해 왔다. 특히 우리 민요조의 시는 여자 목소리가 주류를 이룬다. 민요의 전통을 이어받은 우리말 시어에도 여자 목소리가 많다. 김소월의 모든 사랑 시는 "소월"이라는 이름 자체가 여자 냄새가 나듯 모두 여자 목소리이다. 〈님의 침묵〉의 "님은 갔습니다" 하던 남성스러운 한용운의 목소리도 "알 수 없어요" 할 때에는 여자 목소리를 흉내 낸다. 특히 사랑 시는 남녀 시인을 불문하고 여자 목소리가 주류이다. 그것은 우리 한글 시, 특히 사랑 시의 전통이 여자 민요나 기녀 시인들의 시조로 명맥을 이어 온 탓이다.

우리 근대 문학에 있어서 여자 시인들의 기여도 많았다. 모윤숙의 〈렌의 애가〉, 노천명의 〈사슴〉은 더러는 화사하고 더러는 해맑은 여류 시인 목소리의 모델이었다. 김남조 시인은 이들 여자 시인들의 목소리를 한데 아우르면서도, 늘 "촛불" 같은 단아함으로 가장 고운 사랑 시를 가꾸어 왔다. 거기에다 〈아가雅歌〉라는 제목의 사랑 시가 많듯 구약성서의 사랑 노래를 연상시키는, 말하자면 플라토닉러브를 수도의 자세로 본받은 사랑 시가 특징이다.

1. 사랑의 '촛불'

1
촛불아

나의 어느 사랑노래로도

노래 너머 더욱 가는

그 사랑으로도

나의 삶 전부로도

불타고 재도 없는

너를

못 이기겠다

4
(중략)

절망 이상으로

힘센 불이여

불로 태워도 못 죽는

존재의

자력磁力,

사랑이여

　김남조의 〈촛불〉은 시인의 사랑의 이미지이며 상징이다. 그것은 "한 번도 / 여자를 안아 보지 못한 / 신선한 / 이 서투름을, / 아아 동정童貞의 / 불심지"라고 남성 성기를 연상한 이미지로 노래한다. 따라서 김남조 시인의 〈촛불〉은 삶 이전, 사랑 이전, 불 이전이며 그 이후의 "별" 혹은 사랑의 그림자이다. 기독교로 말하면, 그 이전, 그 이후는 신이 있는 곳, 초월의 영역이다. 그러나 김남조는 안이한 기독교적 상징에 머물지 않는다. 오히려 삶이 가진 엄청난 힘, "존재의 자력"으로, 그리고 심지어 그 부재不在를 넘어서는 신비스러운 힘으로 사랑을 보고 있다.

　김남조의 사랑은 정과 미련, 그리움 같은 우리 민족 고유의 사랑의 패턴을 "사랑"이라는 이름으로 부르고 있다. 그것은 모두 성性과 욕망의 산물인 사랑의 마지막 그림자들이다. 시인은 어쩌면 우리 토속신앙의 사랑의 원혼이나 끝나지 않는 그리움을 신비스러운 눈길로 바라보고 있는지 모른다. "나의 삶 전부로도 / 불타고 재도 없는 / 너를 / 못 이기겠다". 사랑하는 이와 이별하고 죽고, "불타고 재도 없는"데, 아직도 너를 잊지 못하는 기다림 아닌 기다림의 삶이라면, 그야말로 못 말리는 나의 미련 때문 아니겠는가.

　동서의 사랑의 전통을 한 몸에 안고 노래한 시인이 김남조다. 시인에게는 에덴동산의 원죄의 그림자와 청상과부의 한이 함께 있다.

1

사랑은

말하지 않는 말,

아침 해 단잠을 깨우듯

눈부셔 못 견딘

사랑 하나

입술 없는 영혼 안에

집을 지어

대문大門 중문中門 다 지나는

맨 뒷방 병풍 너메

숨어 사네

옛 동양의

조각달과

금빛 수실 두르는 별들처럼

생각만이 깊고

말하지 않은 말,

사랑 하나

2
사랑을 말한 탓에

천지간 불붙어 버리고

그 벌罰이 시키는 대로

세상 양끝에 나뉘었었네

한평생

다 저물어

하직下直 삼아 만났더니

아아 천만 번 쏟아붓고도

진홍인 노을

사랑은

말해 버린 잘못조차

아름답구나

<사랑의 말> 1은 "옛 동양의 / 조각달과" 함께 분명 "생각만이 깊고 / 말하지 않은", "병풍 너메" 숨어 사는 사랑이다. 내가 '청상과부'를 끌어들인 것은 우리 옛적에 "말하지 않은", 쏟아붓지 않은 사랑의 대표적 모델이기 때문이다. "사랑하다"의 우리말 어원이 생각하다, 그리워하다이듯, 우리 옛 여인들은 사랑 섬김을 주로 임을 생

각하고 그리워하며 사는 "조각달" 같은 삶과 사랑으로 생각했다.

시 2는 에덴동산의 이미지가 도움이 된다. 이브가 선악과를 따먹은 것이 바로 사랑의 말, 사랑의 몸짓이 있었음이다. 그것은 "벌罰" 받아 마땅한 죄罪였다. 그것은 세상이 "선善"과 "악惡" "양끝"으로 나뉨을 뜻한다. 말이 없던 에덴동산의 행복이 "말한 탓에" 슬픔과 고뇌에 물든 사랑의 "진홍빛 노을"로 다시 태어나는 순간이다.

김남조는 종교인이기 이전에 시인이다. 시인은 "말한 탓", 몸을 준 탓의 원죄에 대한 참회보다는, "아아 천만 번 쏟아붓고도 / 진홍인 노을"의 아름다움을 칭송한다. 마지막 연은 "우리 모두 죄를 짓고 아름답자"라고 외치는 것 같다. "사랑은 / 말해 버린 잘못조차 / 아름답구나".

사실 시인은 임을 향한 사랑의 마음을 통해서 하느님을 향하게 되었다고 고백한다. 김 시인의 시 "임"에서는 "임의 말씀 절반은 / 맑으신 웃음 / 그 웃음의 절반은 / 하느님 거 같으셨다 / 임을 모르고 내가 살았다면 / 아무 하늘도 안 보였으리"라고 고백한다. 사랑도 시도 지극한 행복인 만큼 고뇌요 아픔이다. 그 아픔과 웃음을 모르고 어찌 하늘을 향할 수 있으랴. 시인이 "말해 버린 잘못"의 죄와 벌을 받는 것이 참으로 아름답다고 말하는 것은 지극히 비기독교적이면서 가장 기독교적이다. "눈물의 계곡"의 고통을 모르고 하느님을 보았다고 할 수는 없을 테니까.

그러나 〈저무는 날에〉에서는 "나의 사랑도 저물어간다"고 말한다.

날이 저물어 가듯

나의 사랑도 저물어 간다

사람의 영혼은

첫날부터 혼자이던 것

사랑도 혼자인 것

제 몸을 태워야만이 환한

촛불 같은 것

(중략)

날이 저물어가듯

삶과 사랑도 저무느니

주야사철 보고 싶던 그 마음도

세월따라 늠실늠실 흘러가고

사람의 사랑

끝날엔 혼자인 것

영혼도 혼자인 것

혼자서

크신 분의 품안에

눈 감는 것

날이 저물면 모든 것 다 버리고 큰 사랑으로, 혼자 신에게로 귀의하는 사랑의 발걸음이 보인다. 시선집 《눈물과 땀과 향유》(1984)라는 제목이 말하듯 액체로부터 시작해서 액체(향유)로 승화하는 삶과 사랑의 이미지는 결국 시인이 좋아하는 "촛불"이라는 상징으로 하나가 된다. 사랑도 인생은 결국 혼자 가는 길이기에, 그것은 항상 눈물이고, 인고忍苦의 땀이고, 마침내 주검 위에 바르는 향유 같은 위안과 구원의 손길이었으리라.

2. '빗물 같은 정'이 서린 여자의 손길

그러나 김남조의 시에는 여성 특유의 따스한 손길이 있다. 그 많은 꿈과 순수의 염원, 기독교적 기도 속에서도 그것을 밑받침하는 따스한 두 손과 정, 눈물이 있어, 김남조 시인의 시는 참으로 인간적이다. 〈옛 여인들〉이라는 시를 보자.

지난 세월 나에겐

시절을 달리하여 연인이 몇 사람 있었고

오늘 그들의 주소는

하늘나라인 이가 많다

기억들 빛바랬어도

그 각각 시퍼렇게 멍이 든

심각성 하나만은

하늘에 닿았고

오늘까지 살아 있으니

그들 저마다

어찌 나의 운명 아닐 것인가

그 시절의 여자들은

사랑하는 이에게

손뜨개 털장갑을 선물하였으나

나만이 그거나마 단 한 번 못했으니

오랫동안 그분들

손 시려웠을지 몰라

빌고 비오니

그저 영혼 따뜻하게들 계시고

후일 우리 만나거든

그 옛날 장맛비처럼 그치지 않던

눈물 애기도

부디 미소 지으며

나누게 되기를…….

살아 있음의 가장 절실한 느낌이 사랑 때문에 아팠던 순간이리라. "시퍼렇게 멍이 든 / 심각성 하나"가 그것이었고 "장맛비처럼 / 그치지 않던 / 눈물 얘기"도 그때 있었던 사연이다. 페트라르카는 사랑은 곧 '전쟁'이요 '갈등'이라고 했다. 사랑과 이별은 한용운이 〈님의 침묵〉에서 말한 것처럼 "다시 만날 것을 아는 까닭에" 눈물이 멈추는 위안이 아니다. 그때마다 더 슬프고 멍들고 가슴 에는 아픔이 있다. 사랑하였어도 너는 아팠으리라. 헤어져도 너는 아팠으리라. 그래서 사랑하는 이에게는 만나고 헤어지는 손에 "손뜨개 털장갑을 선물하였"으리라. 그래서 오늘 시인은 다시 아파한다. "오랫동안 그분들 / 손 시려웠을지 몰라"라고.

시인은 그 아픔이 나의 아픔이었기에 이제야 임의 아픔 앞에 무릎 꿇는다. 〈비파소리〉라는 시를 보자.

(중략)

젊은 날

내 사랑은

장미가시와 사슬이더니

오늘 나의 사랑은

임의 발 앞에

임의의 신발을

김남조 · 여자의 사랑, 여자의 삶

놔드린다.

비파소리여

비파소리여

타던 가슴

다 태운 후엔

편안 하여라

비로소 알아듣는

비파소리는

눈물겨워라

그렇다. 사랑은 굴종이기도 하다. 내 것을 지키려는 "장미가시"를 버리고 "임의의 신발을 놔드리는" 한없는 따스함이다. 우리 앞을 살다 간 많은 여자들의 애환이 저 비파소리 같았듯이 나 또한 나의 임 앞에 다 버리고 눈물겹도록 착한 하나의 착한 여자이고 싶다. 그리고 때로는 못 다 준 정에도 다시 눈이 간다. 〈빗물 같은 정을 주리라〉를 보자.

(중략)

엇갈리어 지나가다
얼굴 반쯤 그만 봐 버린 사람아
요샌 참 너무 많이
네 생각이 난다

사락사락 사락눈이
한 줌 뿌리면
솜털 같은 실비가
비단결 물보라로 적시는 첫 봄인데
너도 빗물 같은 정을
양손으로 받아 주렴

비는
뿌린 후에 거두지 않음이니
나도 스스로운 사랑으로 주고
달라진 않으리라
아무것도

무상으로 주는
정의 자국마다엔 무슨 꽃이 피는가

김남조 · 여자의 사랑, 여자의 삶

이름 없는 벗이여

　그렇다. 살다 보면 버리고 간 그림자가 많다. 아니, 모두가 두고 온 얼굴들뿐이다. 다시 만나도 네 얼굴에 그 소녀는 없다. 하물며 한 번쯤 정을 주고 바빠서 그냥 세월을 헤엄쳐 간 사람임에랴. 새봄에 "사락사락 사락눈", "실비"가 그리움보다 안타깝게 눈을 적시면, 거짓말처럼 다시 소록소록 네가 생각난다. 굳이 사랑이라고 할 것도 없었던 우리 사이……. 너를 다시 생각함은 굳이 임에 대한 그리움이라고 할 수도 없는 "정의 자국"들.

　물론 사랑은 보상을 바라는 행위가 아니다. 또한 나의 무심함으로 그냥 지나친 사랑의 씨앗이었음에랴. 오늘 다시 너를 생각함은 염치없는 짓일 수도 있다. 그러나 내게 아무것도 아니었던 네가 내게 다시 생각남을 또 어찌하랴. 그래서 봄비에는 저 많은 꽃이 피나 보다. 임은 아닌 "이름 없는 벗"으로 하여 이 봄은 슬프도록 아름답고 자비롭다.

　김남조의 종교스러운 마음 사림은 구태여 어느 특정 종교를 떠올리지 않아도 좋다. 기독교나 불교나 그냥 사람 살다 보면 다 버리고 가는 길에서 만나는 발걸음들이다. 체념이라고 말하기에도 거추장스러운 김남조의 〈서녘〉이라는 시를 나는 가장 좋아한다. 거기에는 고달픈 삶을 껴안는 한 여자의 포근함이 있다. 인간의 방황과 고통을 쓰다듬는 참으로 인간다운 목소리가 있다.

사람아
아무러면 어때

땅 위에 그림자 눕듯이
그림자 위에 바람 엎디듯이
바람 위에 검은 강
밤이면 어때

안 보이면 어때
바다 밑 더 패이고
물이 한참 불어난들
하늘 위 그 하늘에
기러기 떼 끼럭끼럭 날아가거나
혹여는 날아옴이
안 보이면 어때

이별이면 어때
해와 달이 따로 가면 어때

김남조 · 여자의 사랑, 여자의 삶

못 만나면 어때

한 가지

서녘으로

서녘으로

잠기는 걸

오세영
1942~

잠들지 못하는 것들의 눈빛

오세영의 사랑의 시는 우리 현대시의 사랑 시 전통을 정통으로 계승하면서 사랑을 통한 새로운 자아 인식의 눈빛을 제공한다. 오 시인에게는 한용운의 〈님의 침묵〉이 살아 있고 미당의 아픈 사랑의 밀어가 숨 쉰다. 물론 거기에는 소월의 가슴 저린 그리움의 하소연까지 살아 있다. 그러나 오 시인의 "임"은 부처님 냄새보다는 살냄새가 짙다. 미당의 사랑지상주의보다는 그리움과 아픔에 대한 형이상학적 인식의 눈이 반짝인다. 사랑하기에, 사랑하였으므로 우주 만상이 임의 몸짓으로 다가온다.

잠들지 못하는 건

파도다. 부서지며 한가지로

키워 내는 외로움,

잠들지 못하는 건

바람이다. 꺼지면서 한가지로

타오르는 빛,

잠들지 못하는 건

별이다. 빛나면서 한가지로

지켜 내는 어두움,

잠들지 못하는 건

사랑이다. 끝끝내 목숨을

거부하는 칼.

〈사랑〉이라는 이 시는 유치환의 "파도여, 어쩌란 말이냐"를 연상시키는 절망과 절규, 고독의 메아리로부터 시작한다. "부서지며 한가지로 / 키워 내는 외로움"이라는 파도의 이미지와 상징성이 무리 없이 다가온다. 그러나 오 시인의 "바람"은 불길 앞의 역설의 바람이다. 불을 타오르게 하고 불을 꺼지게 하고 또 타오르게 하는 사랑의 몸짓이다. 별 또한 빛과 그림자를 함께 사는 별이다. "빛나면서 한가지로 / 지켜 내는 어두움". 어두움과 아픔이 있기에 사

랑은 더욱 빛나는 것. 사랑이 "끝끝내 목숨을 / 거부하는 칼"이
란 구절은 절규다. "죽어도 잊지 못해요!"라는 절규가 들릴 것 같
은 사랑의 하소연. 그렇다, 사랑은 나를 에는 아픔이요 칼이다. 죽
고 싶은 아픔, 그러나 죽어도 잊지 못할 매서운 마음의 칼. 죽어도
부정할 수 없는 나의 간절함, 절실함이 사랑이다.

오세영은 이렇듯 가장 잘 알려진 사랑의 감정이나 아픔을 전아
한 시어로 고양시키는 시법의 도사다. "네가 없으니, 살아도 살아
있는 것이 아냐!"라고 말할 것을 고운 형이상학으로 푼다.

너 없으므로
나 있음이 아니어라.

너로 하여 이 세상 밝아오듯
너로 하여 이 세상 차오르듯

홀로 있음은 이미
있음이 아니어라.

이승의 강변 바람도 많고
풀꽃은 어우러져 피었더라만

흐르는 것, 어이 바람과 꽃뿐이랴.

흘러 흘러 남는 것은 그리움,

아, 살아 있음의 이 막막함이여.

홀로 있음으로 이미

있음이 아니어라.

〈너, 없음으로〉라는 시이다. 어쩌면 철학적으로 들릴 수도 있는 이 마지막 말이 왜 이토록 슬픈가. 이것이 이 시의 매력이다. 관념어, 추상어로 이어지는 이들 가락이 정감으로 넘치는 것은 민요조 리듬에 실려 있는 은유성 때문이다. "흘러 흘러 남는 것은 그리움 / 아, 살아 있음의 이 막막함이여"의 "ㅁ" 소리 상징의 묘妙가 막막함을 더한다. "남는⋯⋯그리움⋯⋯살아 있음⋯⋯"은 막힘, 머뭄 소리의 연속이다.

거기에다 동서의 오랜 철학이 숨 쉬고 있다. 아리스토텔레스의 '인간은 사회적 동물이다'에서부터 '인仁은 두 사람이다'라는 공자의 말에 이르기까지 메아리친다. 특히 동양의 '사람 인人' 자도 발이 둘이거나 사람이 둘이어야 사람이라는 것을 눈으로 증명한다. 특히 '인仁'이나 사랑에 있어서. '홀로 있음'은 '있음'이 아니다. 사람이 아니다. 네가 있음으로 내가 있음이 더욱 밝아 온다. 나의 존재의 느낌이 더욱 충만해진다. 네가 없음으로 나는 콩이 아니다. 빈 껍질뿐.

오 시인은 참 조용하다. 야단스럽지가 않다. 그리움을 알아서일까. 허수아비가 슬픔이 없지는 않을 터. 〈겨울 들녘에 서서〉라는 시를 보자.

사랑으로 괴로운 사람은
한번쯤
겨울 들녘에 가볼 일이다.
빈 공간의 충만,
아낌없이 주는 자의 기쁨이
거기 있다.
가을걷이가 끝난 논에
떨어진 낟알 몇 개.

이별을 슬퍼하는 사람은
한번쯤
겨울 들녘에 가볼 일이다
지상의 만남을

하늘에서 영원케 하는 자의 안식이

거기 있다.

먼 별을 우러르는

둠벙의 눈빛.

그리움으로 아픈 사람은

한번쯤

겨울 들녘에 가볼 일이다.

너를 지킨다는 것은 곧 나를 지킨다는 것.

홀로 있음으로 오히려 더불어 있게 된 자의 성찰이

거기 있다.

빈 들을 쓸쓸이 지키는 논둑의 저

하수아비.

우리말의 매력이 이토록 깊을까. "둠벙의 눈빛", "낟알 몇 개",
"홀로 있음으로 오히려 더불어 있게 된", "논둑의 저 / 하수아비".
조용한 겨울 들녘의 고즈넉함이 가득히 고여 온다. 사랑의 이별과
그리움을 아는 자만이 하수아비의 속내를 안다. 혼자 있어도 오히
려 그리움으로 가득한 저 쓸쓸한 논둑의 돈독함. 아름다운 체념과
이별도 이런 곳에서 이런 마음으로 가능하리라. 또 봄이 와도, 온

봄이 너의 모습으로 나를 아울러도, 나는 아무렇지도 않은 듯 새
봄을 맞으런다. 그렇게 또 새봄을 보내런다. 〈이별의 날에〉라는 시
를 보자.

이제는 붙들지 않을란다

너는 복사꽃처럼 져서

저무는 봄 강물 위에 하염없이 날려도 좋다, 아니면

어느 이별의 날에

네 뺨을 타고 흐르던 눈물의 흔적처럼

고운 아지랑이 되어 푸른 하늘을 아른거려도 좋다.

갇혀 있는 영원은 영원이 아니므로

금속 테에 갇힌 보석 또한

진정한 보석이 아닌 것

아무래도

네 손가락에 끼워 준 반지에는

영원이 있을 성싶지 않다, 그러므로

네 찬란한 금강석의 테두리에 우리 더 이상 서로를

가두지 말자.

이제 붙들지 않을란다.

너는 복사꽃처럼 져서

오세영 · 잠들지 못하는 것들의 눈빛

저무는 봄 강물 위에 하롱하롱 날려도 좋다, 아니면

어느 이별의 날에

네 뺨을 적시던 눈물의 흔적처럼

고운 아지랑이 되어 푸른 하늘을 어른거려도 좋다.

오세영 시인은 반쯤 불교인이고 반쯤 무속인이다. 조계사에서 만나기를 좋아한다고 꼭 불교신자거나 극열분자라는 말은 아니다. 우리는 우리의 육신이 근질거리고 피곤한 만큼 불교신자이다. 더러는 불탑과 불타오름을 알고 그것이 부질없음을 아는 부처의 사촌들……. 그래서 오 시인의 사랑 시, 이별 시는 구태여 불교적 해석을 요구하지는 않아도 늘 불교 냄새에 젖어 있다.

'금강석'을 말한다고 꼭 《금강경》을 떠올릴 필요는 없다. 그러나 시인은 "네 찬란한 금강석의 테두리에 우리 더 이상 서로를 / 가두지 말자"고 말한다. 욕망의 "금강석"과 해탈의 《금강경》을 함께 말한다. 아집, 편집, 집착을 벗고, 풀어 줌으로써 오히려 자유로운 소유됨(?)을 이야기한다. 그는 "완전한 소유"에서도 비슷한 말을 한다. "그러나 지금 나는 / 당신의 아무것도 되지 않으려 합니다 / 완전한 자유가 완전한 소유임을 아는 까닭에……".

그런데 가두지 않고 풀어 주면 우주가 되고 봄이 되어 오히려 나를 더욱 눈 없이 눈물 나게 하는 아픔이 되는 것을 또 어찌하랴.

그래서 시인의 풀어 줌이나 살풀이는 오히려 더욱더 영원하고 광막한 그리움으로 자신을 감싸는 몸살의 무인칭화이다. 오 시인이 두 번이나 반복하는, "어느 이별의 날에 / 네 뺨을 타고 흐르던 눈물의 흔적처럼 / 고운 아지랑이 되어 푸른 하늘을 어른거려도 좋다"가 좋아서 좋은 것이 아니다. 정말 더욱 견딜 수 없는 너에 대한 그리움이 봄마다 풍경마다 아지랑이마다 엄습해 와도 나는 아무렇지도 않은 듯 "참으련다. 참으려고 노력하련다"라고 속으로 다짐하는 것이다. 실은 "날더러 어찌 살라고……"보다 더욱 가슴 아픈 자기 속마음 다짐이다. 다짐해도 다짐해도 그럴수록 더욱 눈물 나도록 자신이 없는…….

그런 의미에서 〈먼 후일〉은 그리움에 대한 체념의 빛깔이 더욱 여리고 무채색에 가깝다.

먼 항구에 배를 대듯이

나 이제 아무데서나

쉬어야겠다.

동백꽃 없어도 좋으리,

해당화 없어도 좋으리,

흐린 수평선 너머 아득한 봄 하늘 다시

바라보지 않아도 된다면

먼 항구에 배를 대듯이,

나 이제 아무나와

그리움 풀어야겠다.

갈매기 없어도 좋으리,

동박새 없어도 좋으리,

은빛 가물거리는 파도 너머 지는 노을 다시

바라보지 않아도 된다면

가까운 포구가 아니라

먼 하늘에 배를 대듯이,

먼 후일 먼 하늘에 배를 대듯이.

그렇다. 이런 시에는 소월의 "먼 훗날 당신이 찾으시면 / 그때는 내 말이 잊었노라"에서부터, 박목월의 "아아 멀리 떠나와 / 이름 없는 항구에서 / 배를 타노라"에 이르기까지 여러 시의 목소리가 메아리친다. 그만큼 오세영 시인은 우리 현대 서정시의 정통 맥을 잇는다. 그러나 오 시인의 "먼 항구에 배를 대듯이"나 "먼 하늘에 배를 대듯이"에는 이승을 넘어 초월에 이르고자 하는 소망이 얼룩진다. 갈수록 옅어지는 욕망의 색깔들, "동백꽃…… 해당화"의 진홍빛 몸부림에서부터 "갈매기…… 동박새……"로 저물어가는 그리움의 무늬들. 그것은 마침내 "포구"도 아닌 "먼 하늘에 배를 대듯이” 그렇게 슬프도록 아무렇지도 않은 그런 망각의 세월이기를 바란다.

그러나 봄이 문제다. 〈5월〉에서처럼 “나는 어떻게 하라는 말씀입니까 / 아아, 살아 있는 것도 죄스러운 / 푸르디 푸른 이 봄날, / 그리움에 지친 장미는 끝내 / 가시를 품었습니다”라고 말한다. 그리고 또 여름이 문제이다. 시인은 자기 위안처럼 〈바닷가에서〉를 통해 “사는 길이 높고 가파르거든 / 바닷가 / 하얗게 부서지는 파도를 보아라”라고 말한다. “사는 길이 슬프고 외롭거든 / 바닷가, / 가물가물 멀리 떠 있는 섬을 보아라. / 홀로 견딘다는 것은 순결한 것, / 멀리 있는 것은 아름다운 것, / 스스로 자신을 감내하는 자의 의지가 / 거기 있다”. 여기에서 마침내 시인은 유교의 미덕인 극기를 배운다. 바다에서, 그 섬의 고독. 그 망각의 “가물가물 떠 있는” 견딤의 미학에서.

그러나 겨울이 또 문제이다. 〈눈 오는 소리〉가 그리움을 부른다.

그리운 이에게는

왜 이다지도 할 말이 없는가.

진한 커피향으로도 가시지 않는

그 목마름.

심야에 일어나 편지를 쓴다.

밖엔 적막하게 눈 내리는데
쓰고 지우고, 지우고 쓰고
하얀 종이 위에선 밤새
사각사각
펜촉 스치는 소리.

마지막 "펜촉 스치는 소리"를 들어 보았는가. 그것은 철필의 말이다. 칼끝 같은 결별의 선언일 수도 있다. 칼끝 같은 망각의 결의일 수도 있다. 그러나 그 편지는 한 번 쓰는 것이 아니다. "쓰고 지우고, 지우고 쓰고". 다시 눈물 섞인 애원의 목소리로 변할 수 있다. 다 지우고 아무렇지도 않은 듯 깨끗한 무인칭 그리움의 속삭임일 수도 있다. 그것이 핏기 가신 눈 오는 소리이니까.

시인은 이제 색色의 세계의 모든 것은 육신과 욕망의 소리임을 안다. 색의 세계에서만 봄, 여름, 가을, 겨울 눈이 내린다. 공空의 세계는 무념무상無念無想, 영겁이다. 그러나 시인은 니체처럼 신을 거부한다. 부처와 신의 라이벌을 자처한다. 시인은 색즉시공色卽是空으로 가지 않는다. 고해苦海에 머물러, 아픔에 젖어 내리는 "가을 빗소리 듣기"를 좋아한다. 〈바람소리〉라는 시를 보자.

육신으로 타고 오는
바람소리.
잘 있거라, 잘 있거라,
해어름 나루터에 달빛 지는데
강 건너 사라지는 님의
말소리.

육신으로 타고 오는
갈잎 소리.
잘 가거라, 잘 가거라,
세모시 옷고름에 별빛 지는데
속눈썹 적시는 가을
빗소리.

이승은 강물과 바람뿐이다.
옷고름 스치는 바람뿐이다.
치마폭 적시는 강물뿐이다.

육신으로 타고 오는
물결소리,
마른 하상河床 적시는 가을

빗소리.

옷깃 하나 스치는 것도 천년의 인연이라는데, 결자해지結者解之라고 했던가, 만난다는 것은 곧 헤어진다는 것. "네가 죽고 내가 산다면" 하고 미당처럼 되짚어 생각할 수도 있다. 어차피 헤어질 것 "눈이 푸시게 푸르는 날엔 / 그리운 사람을 그리워하자" 할 수도 있다. 그러나 오세영은 자신을 타이르기로 한다. 어차피 "잘 있거라", "잘 가거라"가 계절의 눈빛이고 만물의 손짓이라고 귀띔한다. 시인의 눈에는 그 모두가 이별의 손수건이다. "해어름 나루터의 달빛"도 "세모시 옷고름에" 지는 별빛도, "속눈썹 적시는 가을 / 빗소리"도 모두 이별의 몸짓들이다. 슬픔과 그리움은 이승 살기의 업보이다. 그것이 아무리 목마른 강둑이라고 할지라도, 하상을 적시는 빗물 또한 위안은 되지 못한다. "빗소리"는 목마름에 목마름만 더할 뿐.

그러나 오 시인도 나도 이제 지천명知天命의 나이. 사랑과 이별에서 득도를 말하기는 쑥스러워도 눈물을 보이지 않을 만큼은 성숙했다고나 할까. 〈원시遠視〉라는 시를 보자.

멀리 있는 것은

아름답다.

무지개나, 별이나, 벼랑에 피는 꽃이나

멀리 있는 것은

손에 닿을 수 없는 까닭에

아름답다.

사랑하는 사람아,

이별을 서러워하지 마라.

내 나이 이별이란

헤어지는 일이 아니라 단지

멀어지는 일일 뿐이다.

네가 보낸 마지막 편지를 읽기 위해선

이제

돋보기가 필요한 나이,

늙는다는 것은

사랑하는 사람을 멀리 보낸다는

것이다.

머얼리서 바라다볼 줄을

안다는 것이다.

　　나이 들어 눈이 원시가 되는 것을 위안 삼아 자신을 달랜다. 어
찌 보면 눈물겨운 자위행위 같은, 그러면서도 진실이 묻어나는 목

소리. 이어령 선생의 슬픈 유머가 생각난다. "나이가 드니까, 여자들이 많이 바쁜 걸 알겠더라구". 그렇다. 젊은 시절에는 오지 말라고 해도 자꾸 나타나던 살결 부드러운 인종들이, 나이 드니까, 어쩌다 불러도 자꾸 무슨 일이 있다고 핑계를 대고 안 나오니……. 허어, 나이 들면 깨달을 일도 많다!

나이 드니까 시집을 가야 할 여자들도 많고, 나이 드니까 바쁜 여자들도 많고, 나이 드니까 사랑 같은 게 돈이 나와 죽이 나와? 이런 게 무슨 얼어 죽을 짓이냐고……. 기타 등등. 그것이 아무리 예쁜 편지지에 예쁜 말, 예쁜 글씨로 쓴 결별의 말이라도, 나이 들면 그런 말도 아닌 이유, 아픔, 불가능성을 안경 없이는 읽을 수가 없다. 돋보기를 쓴다고 이해할 수 있는 이유는 아니겠지만. 결론은 "늙는다는 것은 / 사랑하는 사람을 멀리 보낸다는 / 것이다"를 깨닫는 일뿐. 시인은 자신에게 타이른다. "멀리 있는 것은 / 아름답다". 이젠 아름다운 것을 많이 보게 되겠지? 그리고 못 미더워서 또 타이른다. "늙는다는 것은 / 머얼리서 바라볼 줄을 / 안다는 것이다".

오세영의 사랑 시의 마력은 제법 불교스러운 체념을 말하면서도 전혀 체념하지 못하는, 시 행간에 배어나는 눈물 자국의 유혹이다. 그것은 사랑뿐만 아니라 산다는 것 자체에 대한 실존의 체취일 수 있다. 불립문자不立文字를 말하는 깨달음의 말은 그 자체가 역설이다. 따라서 오 시인의 시에 자주 등장하는 득도의 말은 깨달음이나 가르침을 주기 위한 것이 아니다. 그것은 오히려 자기 위안의 말에 설득당하지 못하는 자신을 향한 다짐의 가슴 아픈 타이름일 뿐. 오세영 시인은 그런 의미에서 "감정적 은유emotional metaphor"의 달인이다.

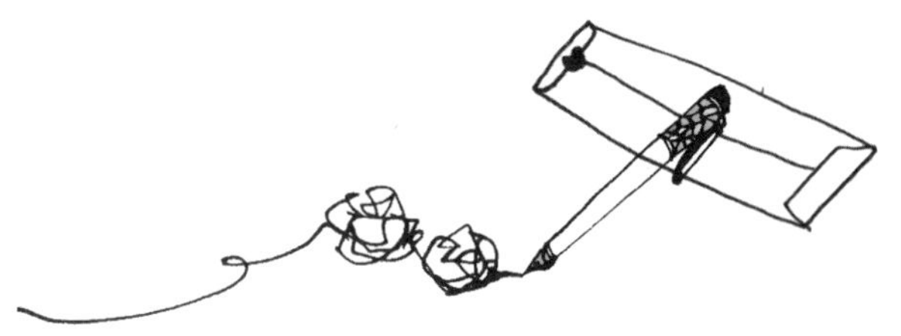

3부
민용태 사랑의 시

사랑은 욕망이다. 갈증이다.

먹어도 먹어도 배고픈 것이 사랑이다.

돌아서면 다시 보고 싶은 너의 얼굴,

사랑은 허기의 지평선이다.

프로이트가 욕망의 종착역은 죽음이라고 했던가.

그래서 사랑은 죽음의 욕망이란다.

사랑, 끝없는 허기의 지평선

"시인 치고 사랑의 시인 아닌 시인 있는가? 사람 치고 사랑의 시 아닌 사람 있는가?"

모든 사람들처럼 민용태 또한 우리 어머니와 아버지의 사랑의 시이다. 어버지가 큰할아버지에게 양자로 갔을 정도로 손이 귀했던 우리 집에 내가 태어난 것은 경사 중의 경사였다. 일제 징용에 끌려가기 직전이었던 아버지가 윗동네로 시집가기로 되어 있던 어머니를 만나 나를 만들어 냈으니. 이것은 우리 어머니와 아버지가 하신 일 중에 가장 잘한 일이었다. 하하하! 어떻든 그 귀한 아들이 시인이 되었으니, 이 또한 경사가 아닌가. 민용태는 사랑의 씨, 사랑의 시가 시인이 된 것이니, 두 번 사랑의 시인이 된 것이라고나 할까. 모든 시인들처럼.

1. 달을 짝사랑한 소년

나의 사춘기는 중학교 2~3학년 때가 아니었나 싶다. 어머니가 붙여 준 별명대로 '털털이' 민용태가 그때가 되니 옷에 신경을 쓰기 시작하더라나? 초등학교 때 담임 선생님이 "나는 민용태 단추 다섯 개 다 달고 다니는 걸 한 번 보았으면 평생 소원이 없겠다!"라고 할 때만 해도 내 옷은 늘 단추 하나에 배가 다 나오는 윗도리, 산비탈에서 미끄럼 타다가 무릎이 늘 반쯤 해진 바지 차림이었다. 그 버릇이 중학교에 가서는 교문에서 늘 복장 검사를 하던 규율부 경고에 시달려야 했던 신세로 바뀌었을 뿐.

그것이 바뀐 것은 내가 중학교 2학년 때부터였다. 그때는 아침에 세수라도 제대로 하고 다녔다고 하니, 아마 나의 육체적 사춘기는 그때쯤이 아니었나 싶다. 그러나 나의 정신적 사춘기는 그보다 훨씬 일찍부터였다. 초등학교 2학년 때 짝꿍이었던 구운심을 아직 못 잊어 하는 걸 보면(지금까지 그 이름도 똑똑하게 기억하고 있는 걸 보라!), 내가 여자를 좋아하는 것은 타고난 천재적 소질이 아니었나 싶다.

사실 내 윗도리에 단추가 붙어 있을 날이 없었던 것도 다 가시내들 때문이었다. 가시내들은 무슨 조그만 일만 있으면 용태를 부르고 부려 먹곤 했다. 고무줄놀이를 하는데 다른 애가 훼방을 놓아도 꼭 나를 불렀다. "용태야, 쟤 좀 말려 줘!". 그런데 내가 가장 좋아하고 으쓱했던 일은 감나무나 가죽나무 높은 곳에서 우는 매미를 잡아 달라고 했을 때였다. 가죽나무를 오를 때에는 온몸을 뱀처럼 나무등치에 바짝 붙이고 살금살금 올라가야 한다. 바람이 조금만 불어도 금방 나무가 부러질 것처럼 흔들리는 것은 물론이다. 그런데 문제는 매미가 나무 꼭대기 언저리에 붙어 있다는 것. 꼭대기에 이르기 전에는 너무 높아 깎아 내리지 못한 가죽나무 이파리들이 몇 낱 붙어 있었다. 그리고 그 이파리에는 마지막 남은 쐐기들이 모두 붙어서 조심조심 기어올라 오는 내 목을 기다리고 있었다. 갑자기 온몸에 쐐기의 공격을 받은 나는 그대로 위에서 밑으로 미끄러져 내릴 수밖에 없었고, 내 윗도리 단추가 다 떨어져 나가는 것은 물론 배까지 뻘건 피가 배일 정도였다. 그러나 그보다 아픈 것은, 배보다 더욱 아프고 슬픈 것은, 여자의 무정함이었다. 내게 매미를 잡아 달라고 했던 가시내들은 다 어디론가 사라지고 그 쓸쓸한 자리엔 아무도 없었다.

내가 초등학교 2학년 때 6·25 전쟁이 터졌고, 전쟁이 끝나고 불탄 학교 교정에 돌이나 주춧돌을 깔고 다시 학교 공부를 시작했을 때도 내 짝궁 운심이는 돌아오지 않았다. 6학년이 다 끝날 때까지 기다리던 운심이는 끝내 다시 나타나지 않았다. 운심이와 나는 그 나이에 무슨 특별한 마음이 있었던 것은 아니다. 그저 반에서 운심이는 제일 예쁜 애로 소문이 났었고, 나는 담임 선생님께 꼭 그 아이와 짝꿍이 되게 해 달라고 졸랐던 기억이 있다. 그리고, 어느 비 오던 날 비에 쫄딱 젖어 속이 다 비치는 저고리를 움켜쥐고 교실에 들어온 운심이가 생각난다. 자리에 오더니 옷을 짜 입을 양으로 나더러, "뒤로 돌아 앉아 있어!" 하던 그녀가 눈에 선하다. 그때 나는 운심이의 옷 벗는 느낌, 그 비릿한 냄새를 다 느끼고 있었다. 하아……. 어렸을 때부터 내가 그토록 조숙했었나?

어떻든 운심이와 다시 만난 것은 내가 중학교 다닐 때 어쩌다 밤나무골 가던 고갯길에서 마주친 때였다. 둘 다 부끄러워(사춘기는 부끄러움이다) 그쪽으로 고개 한 번 못 돌리고 산고개를 다 넘었을 정도……. 또 다음 한 번은 대비리로 피라미 낚시를 갔다가 만났었다. 만났다기보다는 내가 낚시질을 하던 개울가에서 운심이가 빨래를 하고 있었던 것. 그녀를 보는 순간, 그때 운수 좋게 내 낚싯줄에 피라미 중 최고인 다채색 '불거지'가 올라왔다. 엉겁결에 (사실은 너무 반갑고 부끄러워서) 나는 "운심아, 나 고추장 좀 가져다줄래?"라고 불쑥 심부름을 시켰다. 이런 멋진 피라미를 잡으면 그 자리에서 날것으로 먹는 것이 최고다. 아버지가 물고기의 배를 그 자리에서 바로 따 날것으로 입에 집어넣던 남자다운 모습이 생각났다. 내심 나는 운심이에게 나의 어른스러운 모습을 보여 주고 싶었다. 운심이가 고추장을 가져왔다. 나는 계획대로 피라미를 고추장에 찍어 통째로 한 입에 집어넣었다. 피라미 꼬리가 팔딱이며 입술을 쳤다. 내가 용을 쓰며 피라미를 씹고 있는 동안 운심이는 빨래를 다 끝냈는지 곧장 집으로 들어가 버렸다. 그녀가 들어가는 모습을 보며 나는 그 큰 피라미를 입에 물고 울지도 웃지도 못하고 엉거주춤 서서…….

그러나 사실 나는 운심이의 얼굴이나 모습도 생각나지 않는다. 참 예뻤다는 전설 같은 기억만 내 어린 시절 고향 풍경을 맴돌고 있을 뿐. 한번은 〈TV는 사랑을 싣고〉라는 텔레비전 프로그램에서 기억나는 옛날 여인을 찾아주겠다고 해서 '구운심' 이야기를 한 적이 있다. 아내도 싫어하지 않을 소꿉 시절 이야기니까. 나중에 들은 이야기지만, 결혼해서 현재 미국에서 살고 있다고 했다. 어떤 사연이 있었는지는 모르지만, 운심이가 예쁘기는 예뻤나 보다 하는 생각이 들었다. 기억도 까마득한 아련한 추억이 나를 미소 짓게 했다.

이런 짝사랑의 이야기가 나에게는 수없이 많다. 연애다운 연애를 해 본 것은 고등하교 3학년 때나 되어서였다. 그것도 플라토닉 러브인지 풀잎 러브인지 손목 한 번 못 잡고 울다 끝났지만…….
"하늘은 / 쌩콩하게 돌아앉은 / 가시내의 뒷모습. / 바람은 가슴속 / 뱅뱅 돌기만 하던 한숨. / (중략) 겨울은 / 눈물에 버물은 잿빛을 / 벅벅 칠해 버리고 싶은 풍경".

그러나 헤어졌다고 보고 싶지 않은 것은 아니다. 보고 싶다고 만날 수 있는 처지도 아니다. 사랑하기 때문에 차라리 다시 만나지 말아야 한다는 결심도 있다. 너무 흔한 유행가 같은 소리지만, 그때는 그 말이 왜 그리 절실하게 들렸는지 모른다. 더 나아가서 사나이스러움의 참음과 인고도 있다. 그래서 나온 시가 〈한 방울 눈물〉. "한 방울 눈물 / 그 속에 그만큼한 나의 무게 / 그 속에 너의 눈망울 속이련 듯 / 나의 모습. / 별이 뜨고, 하늘이 피어나고. / 한 방울 눈물 / 너는 나의 종교".

그 시절 나는 봄날 개울가에 아롱이는 아지랑이만 보아도 눈물이 났다. 먼발치로 나부끼며 가는 연분홍 블라우스 자락만 보아도 가슴이 철렁 내려앉았다. 그럴 때면 나는 동네 친구 순기나 선무를 꼬셔, 새터 마을을 지나 짐밭골로 삐비를 뽑아 먹으러 갔다. 여름철에는 산딸기를 따 먹으러 갔다. "임도 보고 뽕도 따고"라고 했던가. 사실은 산딸기도 산딸기지만 그보다 더욱 달콤한, 거기 산지기 딸 학순이를 보러 간 것. 그 산골짜기에서 학순이는 예쁘기로 이름이 나 있었다.

나는 마음이 여려서 작은 바람결에도 곧잘 사랑에 빠지곤 했다. 동네 총각 순식이가 짐밭골로 장가가서 예쁜 새색시를 데려왔을 때도 나는 부끄럼 많은 실눈과 작고 볼그레한 볼에 그만 반하고 말았다. 꿈에 살던 나는 그 새악시가 머슴 같은 순식이보다는 속으로 나를 더 좋아하리라고 생각하기도 했다. 사춘기 소년의 꿈속에서 그녀는 달 밝은 밤에 잠 못 이루고 외로움에 젖어 뒷마당을 서성이고 있었다.

그때 아버지는 우리 옛날에 신랑 얼굴 한 번도 못 보고 평생 수절하며 살았다는 청상과부의 슬픈 이야기를 들려주기도 했다. 전쟁통에는 흔히 있을 수 있는 이야기지만, 약혼 가락지까지 받고 정혼이 되어 있는데 신랑이 싸움터에서 죽은 경우 신부는 평생 죽은 임을 섬기며 수절하고 살았다고 한다. 순식이 색시의 곱디고운 눈매와 우리 아버지의 청상과부 이야기는 사춘기 소년의 꿈속에서 곱게 곱게 여물어 갔다.

내가 태어난 시골 동네는 유난히 달이 밝았다. 시골 공기가 좋아서 별도 달도 금방 베어 먹을 수 있을 정도로 눈앞에 다가왔다. 시인의 눈에 저 하늘에 뜨는 달은 우리 마당에만 떠 있는 달……. 나는 달이 우리나라 하늘에만, 우리 마당에만 떠 있다고 생각했다. 그 달은 어쩌면 내가 그토록 사모하던 새색시의 때 묻지 않는 청아한 모습. 나의 〈달〉이라는 시는 이렇게 해서 생겨났다.

달은

곱게 간직해 온

이 나라 향기

약혼 가락지

하나의 모습

전부인 채

솔숲 사이

짙은 숲 향기 속에

천년千年을 소복素服으로
은하銀河처럼 맑은 몸

하얀 배꽃 가지
하늘한 몸을 기대이고
은은히 웃는 모습, 모습이여

밤마다
달맞이꽃처럼 버는
이 가슴에
가야금 소리 멀다.

　달은 천년을 한恨 속에 살아온 이 나라 얼 같았다. 한 번도 얼싸 안고 하나 되어 큰소리로 웃어 본 날이 없는 착하디착한 흰옷 입은 백성의 얼. 우리 역사의 70퍼센트 이상이 외세의 지배하에 살아왔다는 소리도 아팠다. 우리에게는 사랑인지 평화인지 자유인지 무엇인가 풀지 못한 한이 있었다. 그것은 가장 아름답고 고귀한 것인데, 늘 짓밟히고 무시당하고 늘 뒷전으로 물러나 그늘 속에 갇혀

민용태 · 사랑, 끝없는 허기의 지평선

살고 있었다. 그런 우리 민족의 청상과부 같은 한을 달이 보여 주었다.

달의 모습은 임의 모습이고, 약속의 모습이고, 약혼 가락지의 모습일 수밖에 없었다. 파란 하늘은 나에게 숨막히도록 솔향기 짙은 "솔숲"이었다. 속이 다 보일 듯 투명한 달의 몸은 어쩌면 알알이 눈물로 이루어진 "은하"라고 여겨졌다. 어쩌다 구름이 낄 때면 "하얀 배꽃 가지 / 하늘한 몸을 기대이고 / 은은히 웃는 모습". 그 모습이 소년을 한없이 아프게 했다. 이처럼 그리움에 멍든 가슴에 밤마다 멀리 가야금 소리가 들려왔다. 그 소리는 너무 멀어서 영원히 들리지 않을 것 같은 소리였다.

2. 심장과 시멘트 사이 피투성이 사랑의 언어들

이미 성년이 된 소년은 현실이라는 시멘트의 냉혹함에 부딪쳤다. 그것은 "달을 짝사랑하던" 순수보다는 시멘트 바닥 위에 으깨지는 달빛을 아파해야 했던 울부짖음과 회한의 목소리였다. 우리말 첫 시집《시간의 손》(1982)에서 나는 시인 강남, 김홍민, 민용태라는 세 사람의 목소리를 듣는다. 강남이 "달을 짝사랑하던" 순수 서정 시인이라면 김홍민은 현실주의자면서 저항아였다. 민용태는 이 둘과는 달리 시 쓰기, 글쓰기의 모순과 갈등을 의식하는 포스트모던 시인이랄까. 나는 내 속의 이 세 시인을 만나며 12년간의 스페인 시인에서 돌아와 우리 땅에서 내 시와의 해후를 기념했다.

지금 내가 이야기하려고 하는 나의 제2기의 사랑의 시들은 사실 강남을 두들겨 패고 일어선 김홍민의 절규, 혹은 강남의 울부짖음이라고 보아도 좋다.

네가 아주 쌍년이 되든지, 내가 개자식이 되든지 되어야 했다. 글쎄 어쩌자고 마시지도 못할 紅차는 시켜 놓고, 마주 앉아 너와 나는 원광도 없는 부처님이 되느냐. 잘못이다, 네가, 그 되지 못한 춘향전을 읽고 자란 게. 잘못이다, 내가, 곧은 네 종아리를 곱게만 보아온 내가.

얇디얇은 헝겊 조각으로 겨우 냄새나 가리고 앉아서, 간지럽게 옆구리나 쑤시고, "과장님 요즘 부수입이 어때요?", "허허, 미쓰 김, 한 방 놨어." 회전의자 귀퉁이에 아슬아슬하게 궁둥이나 붙이고 앉아, 썩는 오장 엷다란 한숨으로 받치고 서서, 앉지도 못하고 그냥 서서, 서지도 못하고 그냥 앉아서, 그저 독버섯 같은 눈치나 가꾸어온 不毛의 땅.

돌아가버려! 시궁창이건 밤바다건 쓸어안고 뒹굴고 아주 문드러져버려! "what am I living for if not for you……" 흘러간 유행가 사랑에 이렇게 조용하게 조용하게 마주 보면, 너를 범한 내 입술이 내 이빨에 깨물어져 나가든지, 너의 그 잘난 악어빽이 마지막 내 눈깔을 향해 날아오든지 해야 했다.

민용태 · 사랑, 끝없는 허기의 지평선

<다방>이라는 시인데, 정말 이런 일이 나에게 있었느냐고 물으면 조용히 웃을 수밖에 없다. 그때는 버스 안내양도 많고 다방도 많았다. 시골에서 밤 봇짐을 싸서 서울로 올라온 친구들도 많았다. 둘의 사랑만 믿고 몰래 서울로 도망쳐 올라온 내 친구와 그 애인……. 그 사랑은 이별이라는 말도 필요 없는 참패였다.

나는 이때 산문적 언어와 아이러니 시학에 흠뻑 빠져 있었다. 순진하게 사랑만 믿고 서울로 올라온 강남의 통한의 울부짖음이 메아리친다. "돌아가버려! 시궁창이건 밤바다건 쓸어안고 뒹굴고 아주 문드러져 버려!". 그리고 마지막 자학의 말. "이렇게 조용하게 마주 보면, 너를 범한 내 입술이 내 이빨에 깨물어져 나가든지, 너의 그 잘난 악어빽이 마지막 내 눈깔을 향해 날아오든지 해야 했다". 이렇게 해서 "너의 그 잘난 악어빽"이 악착같이 잘 살아보자고 해서 얻은 빛나는 수확이면서 모든 순수한 사랑을 삼켜 버린 도시의 사나운 이빨의 상징이 된다.

그렇다고 서울의 <미스 리>가 금방 사랑의 문 앞으로 나와 주는 것은 아니었다.

사금파리 밥그릇으로

이제는 배가 차지 않는 하오

눈물을 찔끔거리며 구공탄불을 지피고

미스 리에게 전화를 걸면

전화는 늘 통화 중입니다.

민용태 · 사랑, 끝없는 허기의 지평선

미스 리는 코가 높습니다.

미스 리는 하이힐을 신습니다.

머리엔 바람을 가득 집어넣고

미스 리는 반쯤 날아서 다닙니다.

미스 리는 여우 목도리를 좋아합니다.

미스 리는 수리개 발톱을 시새움합니다.

가슴에는 두 개의 풍선을 달고

미스 리는 반쯤 날아서 다닙니다.

온 거리의 먼지를 뒤집어 쓴 채

초인종을 누르면

미스 리는 출타 중입니다.

건널목 신호등엔

빨강 불.

고개를 들면

빌딩에 걸린 내 연은

팽개쳐 버린 이력서마냥

모서리에 찢겨 팔딱거립니다.

취직도 출세도 하늘의 별따기처럼 어려운 시절이었다. 좋은 것들은 손의 위치를 피해 모두 날아다녔다. 그 높이에 "미스 리의 코"가 있었다. 눈치 잘 보고 여우처럼 약삭빨라야 먹고 살 수 있던 시절. 거기에는 강남의 사랑과 낭만이 통할 리 없었다. 가끔 나의 짝사랑은 촌놈, 시골뜨기라는 이유로 또 한 번 왕따였다. 이때 나는 "의도적 은유"나 비꼬기 같은 시어를 좋아했다. 물론 "여우"나 "수리개 발톱"처럼 약삭빠르고 모진 동물을 은유로 끌어왔지만, 실제로 "여우 목도리"와 "수리개 발톱" 같은 매니큐어가 유행했으니까.

그때 나의 현실 부정적인 페시미즘은 오늘을 미래가 없는 불모의 땅으로 보았다. 사랑도 불임수술로 까무러치고, 남은 사랑은 꽁무니를 술통에 담그고 살았다. 〈실제失題〉라는 시를 보자.

되라, 꽃뱀이고 물뱀이고 구렁이고

되라, 이 구두창의 적막 속에

이빨이 되든지, 뼉다귀가 되든지

독사가 되든지,

되라, 무어든 되라.

시립병원 수술대 위에

노상 자빠진 미스 김의 가랭이와

쇠갈퀴로 핏덩이를 끌어내는 고무장갑과

플래시 밑에 까무러쳐 버린 신음 소리와

백 번 낭랑한 여자 아나운서 목소리

아 억세게 억세게 푸르러 자빠진 하늘과

어쩌면 대낮에 너는 디스코를 추자는가

어쩌면 너는 인생을 키들키들 웃기만 하는가

어쩌면 너는 앞을 잃고 옆눈치로만 사는가

어쩌면 너는 모든 게 다 그렇고 그런 거라고

꽁무니를 술통에 담그고 사는가

되라, 아들을 보든지, 딸을 보든지

다시 핏덩이를 보고 말든지,

시방 여인은

목이 타 균열진 땅덩이.

되자, 한 두름 소나기가 되든지

한 마지기 잡곡 밭이 되고 말든지

되자, 한 번만 되자

딱 한 번만 되자.

앞도 안 보이는 꽁꽁 얼어붙은 현실 속에서 봄을 끌어내는 기적 같은 힘이 필요한 때였다. 이것도 저것도 아닌 기회주의가 판치는 땅에서 눈을 뜨고 숨을 쉬고 산다는 것이 힘겨웠던 시절……. 사랑하는 사람도 사랑하고픈 마음도 갈 길을 잃고 술통에서 허우적대는 나날들……. 이 불모와 불임의 땅에 절실한 것은 "한 두름 소나기"였다. 그리고 엎어지지 않고 자빠져 있지 않고 기어서라도 기어이 나아가는 끈기와 힘!

그때 우리에게 사르트르의 "문학인의 사회 참여론"이 알려지기 시작했다. 이 실존주의 작가이며 철학가가 논문집 《상황Situations》 (1948) 2권에 수록한 〈문학이란 무엇인가〉에서 문학인의 언행일치言行一致를 주장하고 나선다. "작가는 모든 것을 변혁하는 자유를 가진 독자를 위하여 쓰지 않으면 안 되는 것이다. 그것은 계급의 철폐뿐만 아니라 모든 독재성의 폐지와 모든 틀의 끊임없는 경신을 의미한다. 굳어 가기 시작하는 질서를 끊임없이 뒤집어엎는 것을 의미한다. 요컨대 문학은 그 본질상 끊임없이 혁명 상태에 있는 사회의 주체성이다. 그러한 사회에서 문학은 말과 행동의 이율배반을 초극할 수 있을 것이다".

나는 사르트르의 사회 참여론과 소부르주아인 지성인의 순교자적 사회 정의 실현에의 참여 호소를 감동 깊게 읽는다. 그는 마르크스주의적 계급투쟁, 즉 노동자와 무산계급의 편에 선 사회 정의 실현에 문학이 참여할 것을 호소한다. 이것은 소부르주아인 문학인에게 자기 계급 이반이다. 그러나 투쟁이 성공하여 무산계급의 천국이 될 때 제일 먼저 척결되어야 할 계급이 바로 자신이 속한 소부르주아라는 것을 알고 투쟁하라는 양심 있는 순교자적 자세를 요구한다.

세르반테스는 "시란 나이 어린 사랑스러운 소녀"라고 말한다. 나의 시, 나의 여인 또한 사랑스러운 소녀였다. 그러나 무서운 현실과의 충돌 속에서 더 이상 그런 허약한 모습으로는 자신을 지탱할 수가 없다고 생각했다. 구태여 마르크스주의적 투쟁을 의미하지는 않는다 할지라도 나의 여인은 현실을 외면한 채 꿈만 꿀 수는 없다고 선언한다. 선언이라기보다는 고행으로 보내는 "선고"에 해당할 것이다. 나의 시 〈선고宣告〉를 보자.

나의 詩여, 자가용차를 타라
나의 詩여, 헤드라이트를 비춰라
나의 詩여, 오늘 위에 군림하라

저주받은
여인이여
너는 너의 날카로운 혓바닥으로
시멘트 벽을 핥아라

너의 허연 손과 무릎으로

시멘트 벽을 갈아라

새 아침 변소로부터 시작되는 우리의 일과표를

돌아앉아 색칠하는

허약한 여인이여

둘러보라

너를 아우르는 이 침묵의 두께

휘둘러보라

바람 한 점 일지 않는 네 팔 끝

청산에 살리야 청산에 살리야

멀우랑 달애랑 먹고 청산에 살리야

너의 머리의 무거운 가발

너의 문의 무거운 속눈썹

할퀴면 피 솟는 육신이 있는가

두꺼운 베일에 휩싸인 여인이여

오늘의 한 구석에 쪼그리고 앉아

실은 너는 심장병을 앓고 있다.

네가 품은 무정란

네가 만든 종이새

너는 무엇인가

너는 무엇을 하려는가

이 차가워진 너와 나의 침실

이 때아닌 갈바람 바람…….

십자가를 잃은 너의 순교여

너는 이대로 박제되어도 좋은가

너 허약한 여인이여

너의 손에 갇힌 새는 석방되어야 한다

너의 눈에 갇힌 꽃은 석방되어야 한다

너의 머리에 갇힌 하늘은 석방되어야 한다

자, 일어서라 할 말이 있거든

핥아라, 시멘트 벽을

갈아라, 시멘트 바닥을

너의 심장과 시멘트 사이

뜨겁게 젖어 울림하는

해빙이 오게 하라

너의 육신과 시멘트 사이

핏빛으로 이글거리는 불이 돋게 하라

여인이여

나의 사랑하는 여인이여

3. 인연, 혹은 사랑이라는 마술적 현실

콜럼버스의 신대륙의 발견이 바로 발견이다. 오래전부터 있어 왔던 구대륙의 발견이면서 그것을 체험한 시인에게는 새로운 하늘 색깔의 발견 같은 놀라움이다. 아니면 하늘에는 아직도 달이 있다는 놀라운 발견. 그리고 도시에서도 달은 아직도 사람들에게 마법을 거는 것같이 보인다. 어디서 왔는지 어디로 가는지 모르는 우주의 작은 나그네들의 인연이 보인다. 더러는 기적처럼, 그러나 아무렇지도 않게 만나고 더러는 헤어지는 눈물과 황홀의 주소를 사랑이 아니면 모른다. 밤 기차 안에서의 우연한 만남은 〈달과의 해후〉라는 시를 낳았다.

아직도 달이 있어!
나는 꽥 소리를 지를 뻔했다.
해묵은 묵은 해가
오늘밤에 떴다.

저 달 좀 봐!
달이 아직도 그 낡은
마술 그물을 던지고 있잖아
어떻게 지금 너를 만난 거야?

달 참 밝다. 참 반갑다!

그러나
기차바퀴 쇳소리 때문에
내 소리는 그녀에게 미치지 못했다
기찬 안에서는 아무도
우리가 지금 레일을 벗어나

절정적으로 달빛을 타고
날아가고 있는 것을
눈치채지 못했다

　길 가다 옷깃 하나만 스쳐도 전생에서 맺어진 천년의 인연이라고 하는 우리 삶의 만남과 헤어짐의 신비는 스페인에 있던 나에게 새삼 새로운 빛깔로 다가왔다. 그것은 우리의 현실과 실존주의에 젖어 있던 나의 의식에 하늘의 푸르름이 짙어지던 순간이었다. 우리의 실존은 아무것도 알 수 없고 아무것도 보이지 않는 현실의 연속이다. "어두운 터널"이나 "야간 비행", "이방인", "벽", "구토" 같은 어둠 속의 자맥질……. 이런 진흙탕 속에서 우리의 인연에 대한 느낌은 더욱 밝고 하늘과 같은 구원의 눈길로 다가왔다. 그것은 어

쩌면 우리 어린 시절의 기억처럼 하늘을 오랫동안 바라보다 땅을
보았을 때의 착시 현상 같았다. 땅이 온통 파란 하늘 빛깔이었으니
까. 〈푸르른 땅〉을 보자.

오오래 하늘을 바라다

땅을 본다

오오 푸르른 땅이여

균열질 푸르름

하늘의 식민지여

아래의 〈은행잎을 주우며〉라는 시는 내가 1973년 여름쯤에 박
사 학위 연구 차 시인 환 라몬 히메네스의 고향 모게르라는 마을
을 찾아가 일어난 일을 담았다. 더운 여름에 차를 몰고 가다가, 길
가에 손을 들고 서 있던 한 여학생을 태우면서 벌어졌던 깜짝 사
랑 이야기이다.

길을 가다 문득 차창으로 뛰어든 은행잎을 본다. 나를 보자 방긋
웃는다. 나는 너의 눈 속에 무늬지는 황홀을 본다. 얼마 후 나는 은행

잎이 하트형임을 보고 놀란다. 예고 없이 뛰어든 불청객, 이 노란 행복
에 대해서, 나는 스스로에게 설명이 필요했다.

마드리드에서 세빌야로 피서 가는 중이라고 했다. 기차를 놓쳤다고
했다. 오토 스톱으로 내려갈 생각으로 고속도로 입구에 서 있는데, 내
가 그곳을 지나갔다고 했다. 나는 차츰 어두워지는 시야를 의식했다.

나는 한국에서 왔다. 나는 시인 히메네스의 고향을 찾아가고 있다.
비행기가 없어, 오늘 오후에야 그냥 차로 가기로 결정했다. 그리고 차
창으로 뛰어든 은행잎 하나. 내 손에 전해 오는 야릇한 황홀. 어둠에
어둠이 겹치고 있었다.

다시 시작하자. 너와 내가 만나게 된 필요충분조건……. 설명을 하
라, 설명을……. 어둠에서 어둠으로 치닫는 우리 앞에 도깨비불이 나
타났다. 호텔……. 호텔방에서 우리는 함께 어둠을 덮고 누워, 그녀
는 내게 말했다. (꿈이 아니에요……. 이게 제 입술이에요. 자, 느끼시
죠?)

네가 오기를 기다리지 않았던 사람은 네가 갈 것을 알지 못했던 사
람. 이름 모를 강가 빈 벤치. 은행잎이 진다. 너는 없는 것처럼 있었던
것. 있는 것처럼 없었던 것. 바람은 나의 손아귀에서 자꾸 너를 날려

보낸다. 너는 부재중不在中, 너의 존재는 부재. 가을은 하늘 끝까지 부
재不在로 가득타.

당시에는 이런 풀잎 사랑이 현실이고 꿈이었다. 마드리드 대학
교실에서 만난 일본 학생 가쓰미라는 소녀가 내게 다가왔다. 천 명
의 학생이 듣는 '스페인 중세 문학사' 시간에는 자리가 없어 난리
였다. 가쓰미는 새벽에 나와 자리 둘을 잡고 나를 기다렸다. 한두
번 데이트를 한 일이 있었다. 나를 무척 좋아하는 것 같았다. 그러
나 나는 결심을 해야 했다. 마침내 나는 내가 기혼자라는 말을 하
고 돌아섰다. 아쉬움 많았던 결단. 그러나 그녀의 까맣고 초롱초롱
한 눈망울은 지금도 젖어 있다. 〈이야기가 없는 이야기〉라는 시에
담긴 일화다.

그녀를 보았을 때

난 산보를 청하지는 않았다

무엇보다

첫눈이 오고 있었기 때문

이름이 가쓰미라고 했던가

그날 거기 있었던 것은

그냥 거기 있지 않아도 되었기 때문

넌 어쩌면 그리 이상한 음절의

이상하게 따스해 오는 이름이냐고

묻지는 않았다

왜 그렇게 아무렇지도 않게

내 눈에 떨어졌느냐고

묻지는 않았다

첫눈이 오고 있었기 때문

홍차 드세요

먼 지평선에서 오는 새소리

난 아무 소리도 듣지 않았다

첫눈이 오고 있었기 때문

홍차 식어요

난 아무 소리도 듣지 않았다

눈송이가 가슴에 파고 들었다

뭔가 날아온 게 분명했다

뭔가 날아간 게 분명했다

아디오스!

민용태 · 사랑, 끝없는 허기의 지평선

하얀 목소리 하나
영원에서 왔다가 영원으로 돌아가는
이야기 없는 이야기
하도 형체가 없어 안경까지 아파 오는

그러나 그런 아픔은, 아니면 그런 행복은 꿈이면서 우리의 현실이다. 우리는 그런 인연으로 만나고 헤어지고 또 집을 짓기도 하기 때문이다. 더러 가정을 이루고 자식을 기르고 바람을 키우고 〈불켜진 창〉을 만든다.

"그동안 어디 계셨어요?"
신기해하는 네 눈이 내게 물으면
내 대답은 "……응, 내 방에"
"그럼 지금은 어디 계시죠?" 하면
나는 내 입술을 네 귓바퀴에 댄다.
"여기!"

"넌 어떻게 여길 왔어?"
내가 네게 물으면, 넌 우물쭈물

"그냥……."

내가 자꾸 되물으면, 넌 뭔가

설명을 하려고 하지

봄이라든지 안개라든가 떨어진 담배라든가…….

아, 무슨 바람이 너를 여기까지 모셔왔니?

밖은 깜깜한 밤.

하지만 말해 봐, 말해 봐

막막한 어둠 속에 불켜진 창 하나

그 속에 부질없이 우리 둘의 꿈을 깨는

어린애 울음소리!

그래서 나는 〈인연〉이라는 시를 쓴다. 사실 우리는 늘 어린애였다. 특히 사랑을 할 때는 더욱 우리는 철든 철부지, 나이든 소년 소녀……. 그저 놀기나 좋아하고 장난치고 연애질이랍시고 만나고 웃고, 하고……. 사랑 만들기가 뭐 그리 심각한가, 가슴 만지기가 뭐 그리 어려운가, "떡갈잎 속 새알 찾기". 사랑하기도 "물 속에 뛰어들어 / 이끼 속에 붕어나 잡고" 하는 것. 우리 생활 속에 그 흔한 기차나 기적이 기다린다고, 오고 떠난다고, 가는 게 아니다. 우주의 순환과 그 인연이 우리 곁에서 장난을 치고 있을 뿐. 그것이 우리의 현실을 만들고 역사를 만들고 우주를 돌아가게 한다.

기다리지 않아도 기차는 온다

만나는 시간은 처음은 종달새

다음은 떡갈잎 속 새알 찾기

그러다 물 속에 뛰어들어

이끼 속에 붕어나 잡고

한참 깔깔대다 보면 문득

등 뒤에서 누가 "아빠!" 한다

"여보, 우리 애가 넘어졌지 않아요!"

어디서 왔다 어디로 갔는지

기차는 보이지 않고

안방에서부터 지평선까지

기적이 하늘을 쓸고 간다

4. 발견으로서의 사랑

인연의 무늬를 통한 기적의 발견만이 아니라 또 다른 발견으로서
의 사랑이 있다. 그것은 〈너만이 내가 사랑하는 사람〉에서 "난 온
우주가 / 소라의 작은 가슴속에 있는 것을 발견했어"라고 할 때

의 "발견"처럼, 사랑은 우주의 섭리의 발견, 자아의 발견 등 우리를
에워싸고 있는 현실을 새삼 새롭게 보는 개안開眼의 눈을 제공한다.
〈마실 수 있는 하늘〉이라는 시를 보자.

　　　너를 바라고 있으면

　　　내 눈엔 하늘이 가득해 온다

　　　너의 눈길은

　　　빛의 홍수

　　　너와 함께 서면

　　　나의 키는 하늘에 닿는다

　　　내가 말없이 눈으로 끌면

　　　너는 또 다소곳이 내게 온다

　　　너의 얼굴은

　　　하늘이 담긴 옹달샘

　　　너의 입술에서 나는

　　　하늘을 마신다

　　그렇다. 이렇듯 너를 만난 인연의 맛은 하늘 맛이다. 그것은 어떤

민용태·사랑, 끝없는 허기의 지평선

관념을 넘어서 사랑의 느낌이 주는 구체적인 체취이다. 너를 볼 때마다 나는 어떻게 한 여인이 이렇게 기적처럼 예쁘게 생겼을까 감탄한다. 특히 너를 기다리다 한 12분쯤 늦게 나타나는 너를 보면, 너는 온 하늘을 더불고 구름 위를 날아오는 것 같다. 너를 반기는 나의 눈에는 기쁨과 하늘이 가득해 온다. 너의 웃는 치아를 보면 어느 햇살이 그토록 빛날 수 있으랴. 너와 함께라면 나는 바다도 하늘도 뛰어오를 수 있을 것 같다.

사랑하는 사람을 영어로 "달링darling"이라고 부르듯이 스페인어로는 "하늘cielo, cielito"이라고 부른다. 우리가 "여보, 자기" 하는 식이다. 물론 기독교의 "하느님Cielo"도 똑같이 부른다. "신Dios=Cielo"을 부를 때는 대문자로 쓴다는 점이 다르다면 다를까. 나는 스페인어의 이런 표현에서 사랑하는 사람들의 원시적 황홀감이 작용한 말이 아닐까 생각해 본다. 사랑하는 사람은 참으로 "하늘"처럼 소중한 사람으로 느껴지기 때문이다. "너의 입술에서 나는 / 하늘을 마신다"고 말할 때 나의 푸른 황홀을 상상해 보라. 너야말로 하늘스런 기적을 밟고 내게 다가온 마실 수 있는 "하늘"이다.

내가 스페인에서 깊은 사랑에 빠진 것은 사실 스페인에서 산 지 한 5년쯤 지나서였다. 사드는 "금지된 쾌락이 최상의 쾌락"이라고 했던가. 이미 유부남인 나의 사랑은 모두 부적절한 관계였다. 그러나 사랑과 감정에 윤리나 지도가 있을 리 없다. 형식적으로 금지되었던 숨겨진 사랑인 만큼 불길은 더욱 거세게 타올랐다. 세상에 태어나 사랑한다는 것이 이토록 놀라운 발견이고 나날의 기적인 줄은 예전에 미처 몰랐었다. 스페인 낭만주의 시인 구스따보 아돌포 벡께르의 짝사랑의 시구가 떠오른다. "오늘 나는 그녀를 보았어 / 그녀는 나에게 미소 지었어. / 오늘 나는 하느님을 믿어!".

이야기는 너무 간단하다. 마드리드에 있을 때 친구나 동창들이 더러 찾아왔다. 학교에 나가 영어 선생도 하고 태권도 도장도 운영하고 있어서 나름대로 여유가 생겼다고나 할까. 우리 친구들은 스페인에 오면 그 짧은 기간에도 "여기 어디 백마白馬 좀 탈 데 없냐?"라고 묻곤 했다. 그 말은 물론 정열의 여인 집시 카르멘으로 유명한 스페인 여자 맛을 좀 보겠다는 욕심이다. 나는 말만 들은 '플레밍 가'에 있는 여자가 있는 술집으로 친구들을 끌고 갔다. 스페인에서는 아무리 술집 여자라도 돈만 주면 따라나서는 게 아니다. 일단 술을 사 주고 예쁜 아가씨를 골라 꼬시는 단계가 필수이다. 스페인어를 못하는 친구들인지라 내가 대신해서 아가씨들과 말을 걸고 흥정을 해야 했다. 더러는 내가 친구를 위해 꼬셔 놓고도 내가 데려가 자고 싶은 예쁜 아이들도 있었다. 작업이 성공하면 물론 아가씨가 자기 아파트로 손님을 데리고 간다.

그러던 어느 날 밤이었다. 또 친구에게 여자를 붙여 주고 집으로 돌아오다가 문득 내가 아직까지 '백마'를 타 본 일이 없다는 생각이 머리를 쳤다. 사실 사랑 시도 많이 쓰고 또 실제로 태권도를 하는 여학생들도 사범에게 반한 경우가 허다했다. 하지만 그때까지 나는 그런 생각을 할 겨를조차 없었나 보다. 그저 공부와 일로 먹고살기에 바쁜 나날이었기 때문일까? 그렇다고 술집으로 돌아가서 술집 여자와 일을 벌인다는 것은 시인의 감성에 썩 내키는 일이 아니었다. 바로 딴 남자와 잔 여자와 어떻게 말이라도 사랑을 나눌 수 있는가. 하룻밤에 만리장성을 쌓는다고, 어떤 인연의 만남이라면 모를까, 돈을 주고 화장실 가기는 정말 싫었다.

그 뒤 나의 순수한 백마 타기 편집증은 수많은 시행착오와 실패를 낳았다. 태권도장에 다니던 친구가 꼬셔서 한번은 '검은 튤립'이라는 스탠드바에 갔다. 그곳 아가씨들은 진짜 마음에 드는 사람이 아니면 함께 잠자리를 하는 일이 절대 없다는 것이 친구의 말이었다. 건설업을 하는 친구인지라 그곳 단골인 듯했다. 마담에게 귓속말로 뭐라고 하니까 기똥차게 예쁜 소녀 하나가 내게 다가와 나를 덥석 끌어안고 키스를 했다. 빨간 구두 아가씨였다. 그 순간부터 나는 그녀의 평생 애인이 되었다. 오늘 밤은 드디어 백마를 타 보는구나……. 그녀는 일이 새벽 3시에 끝나니까 그때 그녀를 데리고 나가 한 잔 더 사 주고 침실로 가면 된다고 했다. 술을 많이 먹어서 그런지 나는 문득 화장실이 가고 싶어졌다. 화장실은 아래층에 있었다. 소변을 보면서 나는 시계를 보았다. 새벽 2시. 나는 회심의 미소를 지었다. 이제 한 시간 후면 내 평생의 소원이 풀어지는구나. 그런 생각을 하면서 계단을 올라왔을 때였다. 내 여자가 없었다. 아니 나의 빨간 구두 아가씨는 한 구석에서 다른 남자와 찰떡궁합이 되어 나와 하던 것처럼 쪽쪽 빨고 있었다. 주먹밖에 없는 민 사범은 점잖게 둘 앞에 다가가, 남자에게 말했다, "이 여잔 내 거야!" 둘은 아무 대답 없이 하던 일만 계속……. 그때 내 생각은 이 둘을 떼어 놓아야겠다는 것뿐. 잠시 뒤, 그 남자는 바닥에 쓰러져 있고, 아가씨들은 아우성이고, 밖에서는 경찰 사이렌 소리가 나고……. 나는 뒷구멍으로 기어 나와 죽도록 뛰었다. 한밤의 찬바람에 눈썹을 휘날리며…….

그 뒤에도 시행착오는 계속되었다. 한번은 술집에서 권총잡이 애인에게 수작을 걸다가 총을 맞아 죽을 뻔한 일도 있었다. 물론 재빠른 나의 오른쪽 발이 꺼내는 권총을 쏜살같이 낚아챘지만. 그러자 나도 모르는 사이에 내가 왕인 나의 도장에서 민 사범이 스페인 여자를 탐한다는 소문이 떠돌기 시작했다. 이소룡 영화가 판을 치던 때인지라 민 사범은 거의 스님처럼 높고 신비하고 순수한 존재였다. 그런 사람이 스페인 여자를 꼬시려고 하다니 도장 여학생들이 수련은 안 하고 술렁이기 시작했다. 기분이 좀 언짢은 밤이었다. 밤 10시에 도장 문을 닫고 집에 가려는 참이었다. 퇴근한 지 두 시간이 지난 뒤 어디에선가 술에 취한 모니까^(18세, 여비서)가 도장 문에서 내 손을 덥석 잡았다. "사부님, 저 술이 너무 취했어요. 저 집에 좀 데려다 주세요".

내 집과는 약간 거리가 있었지만 내 친절에는 거절이라는 게 없었다. 옆에 태우고 마드리드 대학로 근방으로 차를 모는데, 술 취한 모니까가 한마디 했다. "사부님은 스페인 여자면 누구나 뽀뽀하신다면서요? 왜 제게는 뽀뽀 안 해 줘요?". 거절이란 게 없는 나의 대답은. "응, 그래. 곧 해 주지……". 그리고 다시 내가 한 대답을 들어 보니, 어디선가 아련하게 백마가 뛰어오는 소리가 들렸다. 나는 차를 숲이 우거진 의과대학 후문 쪽으로 돌렸다. 늦가을 싸늘한 바람결에 낙엽 지는 소리가 우수수 들려왔다. 나는 되도록이면 으슥한 곳을 찾아 차를 떡갈나무 곁에 바짝 붙였다. 그리고 바로 모니까의 입술을 찾았다.

내가 백마가 되어 숲 속에 잠든 공주를 찾아 온 것인지, 공주가 백마가 되어 나를 태우고 달아나는지, 그 황홀한 순간은 끝없는 황야를 흥분으로 치닫고 있었다. 차 안이라고 부끄러울 것도 없었다. 깜깜한 밤인데다 둘의 뜨거운 호흡으로 차창은 안개가 가득 끼어 아무것도 안 보였다. 속도를 더해 가는 백마를 멈출 수는 없었다. 그녀의 작은 속옷이며 이파리들이 떨어져 나가는 소리가 들렸다. 엄청난 속도로 치닫던 백마는 그 마지막 순간에 힘없이 주저앉았다. 등줄기에서는 비 오듯 땀이 쏟아졌다. 다시 일으키려 해도 말은 더 이상 말을 듣지 않았다.

이 통한의 첫 백마 타기는 사실상 내가 질식사 직전 상태였던 것. 내가 나중에 배운 건, 카 섹스의 제1법칙은 차창을 약간 열어 놓아야 한다는 것이었다. 차창을 꽁꽁 닫고 입김으로 빈 구멍까지 밀폐된 공간에서의 섹스는 자칫하면 질식사나 복상사가 일어나

기 쉽다. 어떻든 나의 첫 경험의 실패는 그 충격이 의외로 오래갔
다. 일주일 이상 시도에 시도를 거듭하고 거듭 시행착오를 범하던
백마께서 간신히 걷기 시작한 것은 그 뒤 한 2주쯤 지났을 때였던
가?

모니까와 나는 이 자랑스런(?) 합방을 기념하기 위해 드디어 호
텔에서 한밤을 지내기로 했다. 당시 스페인 내의 숙박 사정으로는
거의 불가능한 결정이었다. 마드리드에서 호텔에 합숙하러 들어갈
때는 둘의 가족 사항과 관계가 명시된 '가족증libro de familia'을 제
시해야 했다. 우리처럼 부적절한 관계는 엄두도 낼 수 없는 일. 우
리는 오랜 연구(?) 끝에 마드리드 공항 근처의 한 호텔이 지금처럼
아무 증명서도 요구하지 않는다는 것을 알아냈다. 마침내 그 호텔
에서의 첫날밤은 나에게 시간과 공간을 떠나 우주에 떠 있는 한
섬의 발견이었다. 사랑은 그야말로 모든 주변의 시선과 시공을 떠
난 신비한 〈섬〉이었다.

어느 날 밤 너와 나는
한 섬에서 잤다
먼 곳에서 떨어진 하늘 조각 같은
작고 푸른 섬
지도도 잃어버린 섬 하나

민용태·사랑, 끝없는 허기의 지평선

너와 나는 그날 밤

외딴 섬에 떨어진 갈매기

바람은 밤새도록 으르렁댔다

바다는 해변을 물어뜯고, 하늘은 물을 퍼붓다 못해

바위를 굴리고 칼날을 던졌다

온 세상 온갖 풍파 분노와 불면

그 한가운데

간신이 밝혀든 촛불, 시간과 공간을 떠나

불 밝힌 고요, 섬 하나

그날 밤 너와 나는 하나의 섬이었다

모니까의 더운 입김 속에서는 "사랑해, 사랑해, 사랑했어, 사랑해."가 끝없이 흘러나왔다. 더운 입김 속에서 뜨거운 단음절이 마침내 먼 갈매기 울음으로 멀어져 갔다. 오래전부터 나를 사랑했었노라고 했다. 참으로 사랑했다고 했다. 그리고 그녀는 서서히 잠 속으로 빠져들었다. 나는 그녀를 재우고 〈너의 잠 곁에서〉라는 시를 썼다.

너는 내 곁에 있다

너는 내 곁에 없다

너의 입술이 피어 있다

장미는 말이 없다

너의 살결은 고운 물결

물결은 손이 없다

너의 숨결은 잔잔한 여울

여울은 흘러간다, 달아난다

한 백 리쯤 달아난 꽃사슴

나를 몰라보는 사슴

내 앞을 가로막는 천길의 벼랑

소리쳐도 소리쳐도 돌아오지 않는 소리

그 건너편 건너편에서

풀이나 뜯고 놀다가

아침이 되면 너는 거짓말처럼 사랑스러운 얼굴로

나의 안타까움과 눈물 속으로 파고든다

민용태 · 사랑, 끝없는 허기의 지평선

너를 안으며 나는

네가 죽고 내가 죽고 한 오백 년 뒤

다시 눈뜬 만남의 기적 같은

평온한 아침을 산다

사랑의 발견은 네가 나의 우주임을 깨닫게 한다. 범아일여梵我一如의 커다란 깨달음이 무엇인지 느끼게 한다. 너의 숨소리 하나 말소리 하나에 내 가슴이 매달리고, 너의 눈빛 하나에 낮과 밤이 바뀐다. 〈모니까에게〉라는 시를 나는 그런 마음으로 썼다.

너의 눈은 나의 수평선

거기 끝없이 떠오르는 햇살

빛은 멀리서 온다, 먼먼 알타미라 동굴로부터

그래서 너의 눈빛은 늘 지쳐 있다

조금은 슬프고 가녀린 동녘 하늘빛

그러나 그 빛이 내게 닿을 때

그것은 지축을 울리는 새벽 종소리

너의 눈은 나의 지평선

거기 끝없이 펼쳐진 포도밭

포도송이 알알마다 맺힌 밤, 밤……

입술이며 가슴이며 허벅지며

땅 밑을 뚫고 솟아나는

도취의 수액, 포도주여

밤이여, 너와 나를 삼킨 밤이여

그러나 너는 있다

너의 눈은 우주의 끝

눈 한 번 열고 닫으며

밤과 낮을 창조한다

5. 청바지의 천사

사랑은 일상 속 기적의 발견이다. 여자가 천사임을 아는 순간이다. 나의 모든 여자는 유일한 여자이다. 두 번째 사랑은 없다. 모든 사랑은 첫사랑이다. 그 순간의 너는 그대로 내가 본 천사이다. 날개가 있다. 날개를 타고 온다. 날개를 달고 날아가 버린다.

마드리드 중심가 깔야오 근방에서 태권도 도장을 운영할 때였다. 보통 밤 10시가 되면 모든 수련이 끝나고 샤워를 한 뒤 근처 바에서 삼삼오오 술을 한 잔씩 하는 시간이다. 그날 밤은 친구 루이스가 정말 예쁜 소녀 둘을 대동하고 나타났다. 청바지에 하얀 블라우스를 입고 나타난 소녀. 그녀는 반짝이는 갈색 눈빛에 싸여 하얀 구름을 타고 날아다니는 천사였다.

나는 하얀 루시에게 첫눈에 반했다. 하지만 너무 어리고 너무 여리고 너무 하얀 루시에게 나는 다가갈 엄두가 나지 않았다. 좋은 중국 식당에서 식사를 마치고 우리는 나이트로 갔다. 얼마나 미친 듯이 춤을 추었는지 모른다. 음악이 느슨해지자 루시는 자꾸 룸바를 추고 싶어 했다. 루시의 룸바는 그녀의 아름다운 몸매를 못 견디게 흔들고 출렁이게 했다.

루시는 이미 나를 잘 알고 있었다. 친구들이 태권도를 하며 내 자랑을 많이 했기 때문이다. 그보다도 어느 태권도 시범 때 내가 날라차기로 전면 격파하는 것을 본 일이 있다고 했다. 밤이 깊을수록 술맛은 더해 갔다. 우리는 위스키와 진토닉으로 늦은 밤을 적시고 있었다. 술을 타고 떠난 여행은 루이스의 아파트에서 모두 함께 누워서 자는 것으로 끝이 났다. 루시가 내 품에 안겼던 기억이 있었다. 어슴푸레 키스를 한 기억……. 아침에 눈을 떠 보니 그녀는 내 곁에 자고 있었다. 눈을 뜨자 내 입술에 그녀의 입술을 가져왔다. 그날부터 우리 둘은 애인 사이가 되었다. 술기운인지 기적인지를 타고 만난 기적 속의 애인……. 〈고백〉이라는 시를 보자.

구름이 아니었다

하얀 블라우스

백합이 아니었다

열여덟 개의 봄이 한꺼번에

나의 문에 쏟아졌다

너는 그렇게 아무렇지도 않게

나타난 청바지 천사

아니다, 천사가 아니었다

친구와 함께 나타난 너는

아니다, 이슬이 아니었다

네가 청한 술은

진토닉 몇 잔

아니다, 무슨 사랑 같은 것은 아니었다

술기운이었을까, 밤기운이었을까

우린 춤을 추었다. 아니다

네가 춤을 추었지, 룸바를 추겠다고 했던가……

아니다, 구름에서가 아니었다

어느 친구의 아파트에서

그 이름은 기억하고 싶지 않지만

술기운이었을꺼, 밤기운이었을까

문득 검은 밤이 온통 별밭으로 빛났다

수많은 입맞춤과 은하수

우리의 사랑은 신비주의는 아니었다

말하자면 신비와 사이비 사이

모든 건 밤이어서 이해할 수 없었다

모든 건 밤이어서 이해할 수 있었다

그 뒤 우리는 가끔씩 만났다

참말이지 원할 때마다 그녀를 만났다

그리고 그 일도 했다

참말이지 이 손으로 그녀를 만졌다

그리고 그 일도 했다

천사가 아니었다, 하얀 블라우스에 청바지

다만 지금은

어제와 꿈속에서만 날아다닌다

영원히 나는 그녀의 구름에 다다를 수 없다

그렇다, 우리 모두는 사실 우주를 떠도는 나그네들이다. 언제 이 땅에 왔다가 언제 떠날지 모르는 사랑방 손님들. 그것이 특히 사랑을 만날 때 구체적으로 느껴진다. 갑자기 먼 별을 손에 쥔 것처럼. 그것이 특히 우리가 날마다 사는 일상 속에서 이루어질 때, 그 하늘 냄새, 기적의 맛은 더욱 신비스럽다. 우리가 밟고 있는 세상이 우주의 한 조각, 하늘의 일부라는 것을 체감한다.

프랑스 상징주의 '저주받은 시인들'의 시학에서는 시적인 말이 따로 없다. 구름과 달을 말한다고 시가 되는 것은 아니란다. 시적인 것은 시적인 표현의 산물이다. 달도 똥도 그 말을 쓰는 시인의 표현에 따라 시적이거나 비시적일 수 있다는 것. '똥'이 더럽고 비시적이라고 해도, 달을 일컬어 '허공에 매달린 하늘의 똥'이라고 하면 상당히 시적(?)인 표현이 된다. 특히 난해시의 선구자 말라르메가 그런 주장을 편 사람이다. 그러나 그런 시인도 "소녀는 참 시적이야!"라고 말한다. "소녀"의 청순함과 아름다움 앞에서는 그 깐깐한 시인의 어떤 시학도 그만 굴복하고 만다. 세르반테스도 "시란 나이가 많지 않은 어리고 사랑스러운 소녀"라고 말했지 않은가.

어떻든 나를 찾아온 18세 꽃띠의 소녀 루시! 하얀 블라우스 차림으로 나타난 그녀를 보는 순간 나는 "열여덟 개의 봄이 한꺼번에…… 쏟아지는" 것 같은 황홀을 느꼈다. 그리고 "술기운"인지 "밤기운"인지를 타고 "신비"인지 "사이비"인지 모를 천국행을 경험했던 것. 그 천사 같은 소녀, 아니면 천사는 분명 내 곁에 있었고 "그 짓도 했다"고 고백한다. 이 "고백"의 이유는 지금 생각해도 믿기지 않는 기적 같은 천사의 방문이었기 때문이다. 그것이 더욱 꿈 같아지는 것은 지금은 그녀가 나의 꿈속에서만 헤집고 다니기 때문이다. 그녀는 이미 나의 시야의 한계를 벗어나 지난 세월, 과거의 구름 속에 있다. 내가 영원히 다다를 수 없는 우주의 시간과 공간의 궤도에 진입했다. 〈네가 오는 길목에 서서〉라는 시를 보자.

어느 새벽 하늘에 떨어진 깃털인가

비둘기 한 마리

나의 꿈밭을 헤적이고 있다

빛이 돋아난다

네 이름은 루시, 마리아 에스테르

빨로마, 아니면 그냥 비둘기

고향은 마드리드, 콜롬비아 칼리, 부에노스아이레스

아니면 세비야, 어느 구름 속 마을에서

떨어져 하얗게 나의 밤을 밝히는

수평선은 항상 멀리 눈에 싸여 있다

그러나 때로는 이렇게 비둘기 한 마리

햇살처럼 가는 두 발로 내게 다가와

내 손에 가슴에 앉는다

동이 터오는 길목에는 늘 기적이 온다

영원에서 갓 돌아온 너의 하얀 블라우스

그 햇무리 사이 떠오르는 장밋빛 미소

지금 유일한 현실은 꿈이다

　　일상 속 사랑의 체험은 아스팔트에 기적이 딩구는 소리를 듣는 것과 같다. 그녀가 "청바지의 천사"이건 아파트 속 반딧불이건 기

적은 분명 기적이다. 세상이 금방 환해지고 황홀이 제 발로 다가
온다. 해 떠오르는 동녘을 바라보는 환희가 도시 한가운데도 있다.
"인생은 꿈이다"가 현실의 허무를 넘어서서 그것만이 유일한 현실
임을 깨닫게 한다. 시인이 "지금 유일한 현실은 꿈이다"라고 한 것
은 눈을 감지 않으면 현실의 황홀한 깊이가 보이지 않기 때문이다.
사랑하지 않으면 네가 꿈인 것을 모른다. 꿈이 현실로 다가온 줄을
모른다.

　스페인에서의 사랑은 주로 차 안에서 이루어진다. 요즘은 모르
지만 내가 거기 있던 70, 80년대만 해도 연인들이 호텔이나 모텔
에 가는 것은 상상도 할 수 없었다. 우선 가톨릭 국가의 법이 허용
하지 않았기 때문이다. 어떻든 스페인 사랑의 가장 전통적인 장소
는 숲 속과 같은 자연 속이다. 스페인 말에 "그 애가 날 밭으로 데
려갔어!" 하면 겁탈하려고 했다는 말이 된다. 그 정도로 야외에서
의 사랑 만들기가 일반화되어 있다고나 할까. 물론 처음에 솔잎 위
에 누우면 등도 쑤시고 바람결도 엉덩이를 치고 해서 불안하고 불
편하지만 맛들이면 그 맛이 꿀맛……. 〈반딧불〉이라는 시를 보자.

고층 빌딩이 아닌

더블 베드가 아닌

풀밭

풀벌레 소리로 짠 커튼 하나

안개로 짠 이불

잎가지들의 옷 벗는 소리

그날 밤 우리는 풀밭에 사랑을 심었다

풀섶에 열린 반딧불

그럴 때 우리의 사랑은 글자 그대로 풀잎 사랑이 된다. 실제로 사랑한다는 것은 자연의 모습으로 되돌아가는 일. 다 버리고 너와 나 벌거숭이로 바람이 되고, 풀벌레 귀뚜라미가 되고, 은하수가 된다. 두 몸이 형체를 버리고 반짝임으로 변한다. 순수 사랑 형태로 화한다. 그때 비로소 우리 둘과 친구가 된 별들이 우리 대신 우리의 사랑을 노래할 것이다! 〈한밤의 이야기〉라는 시를 보자.

모두 버리고 당신 머리칼에 매달려 작은 바람이 되고 싶은 밤이 있습니다. 뭐 따로 갖출 게 있겠습니까. 아무 데나 떠서 자다가, 당신께서 산보를 나오면 달려가지요. 하지만 아무 걱정 마세요. 난 아무 말도 안 할게요. 난 당신 머리칼에 붙은 또 하나의 머리칼. 어쩌면 당신 머릿속 가벼운 봄 마음.

모두 버리고 당신 귀 곁에 작은 귀뚜라미가 되고 싶은 밤이 있습니다. 뭐 따로 갖출 게 있겠습니까. 달빛 조금, 이슬 조금, 그리고 나의 왼발을 걸칠 풀줄기 하나. 달이 아무리 밝아도, 달구경 나오시라는 소리는 안 할게요. 다만 거기 환한 창문 하나, 불타는 고요 하나만 밝혀 두세요.

모두 버리고 오직 당신만을 위한 밤이 되고 싶은 밤이 있습니다. 뭐 따로 갖출 게 있겠습니까. 당신은 불을 끄시고 저는 눈을 감지요. 이 윽고 밤과 밤 사이 은하수가 놓이고, 당신 대신, 내 대신 그 많은 별 들이 우리의 사랑을 노래하리다.

모니까와 루시와 나무 숲 속 풀밭에 많은 사랑을 심었다. 많은 반딧불을 낳았다. 그럴수록 사랑은 깊이를 모르는 항아리 같은 목 마름을 느꼈다. 아니면 금방 눈앞에서 사라질 것 같은 두려움의 연속이었다. 온 대기가 허공이고 안타까움의 공간인 것을 알았다. 만남과 헤어짐이 한없이 교차하는……. 모든 우주와 자연이 사랑 의 몸짓인 것을 알았다. 나는 〈루시에게〉라는 시를 썼다.

너의 눈에는

민용태 · 사랑, 끝없는 허기의 지평선

끝없이 수평선에 찢기운

바다가 보인다, 그 속에는

자맥질하는 빛의 절규

별의 침묵이 있다

사랑한다는 것은

손으로 이슬 만지기

끝없는 빈 손 아파

석상이 된다

심장 부서진

사랑한다는 것은

손으로 불 만지기

한없는 뜨거움이 낳은

빗줄기, 밤새 너의 유리창을 두들기는

나의 손가락 가락…….

너는 오는가 가는가

너의 눈 속에는 번개에 찢긴

한여름 밤의 속옷이 있다

밤 바다에 묻힌

태어나지 못한 아이의 비명이 들린다

그렇다, 사랑은 모두 혼외정사나 질외사정 같은 이방인의 외박이었다. 스페인 유머에, "결혼 전에는 딱 한 여자만 좋더니, 결혼하고 나니까 딱 한 여자만 빼놓고는 다 좋아!"라는 소리가 있다. 바람둥이의 자기변명 같지만 오래 전부터 우리 일부일처 결혼 제도는 하나의 이상이었다. 세계 시인의 시 속에 등장하는 여인이 자기 아내인 경우는 무척 드물다. 청교도가 시인과 예술가를 배척한 것도 이런 본질적인 비종교성, 부도덕성 때문이었다. 그래서 세상과 사회에서 시인은 늘 왕따 무리 속의 이방인이었다. 그리고 그가 진정이라고 한 사랑은 다 사회 규범과 도덕을 떠난 혼외정사…….

사랑의 순수를 의미하는 에로티시즘이 늘 가정과 생식을 바탕으로 자라는 것은 아니다. 탄트리즘부터 호모섹슈얼리즘에 이르기까지 에로티시즘의 극치는 오히려 지극한 사랑의 불꽃과 쾌락만 있지 생식은 없다. 따라서 가정을 벗어난 사랑이라고 모두 부정이나 사이비 사랑인 것은 아니다. 오히려 사랑의 순수성에서 그 반대이다. 우리 같은 도시 생활인의 사랑에서는 그 사랑을 지키기 위해 이혼도 하고 재혼도 한다. 그러나 어디 이혼이 쉽고 재혼이 쉽고 돈이 쉬운가. 낭만주의만으로는 입에 풀칠도 하기 힘들다. 사랑으로만 이루어진 이상적인 가정에 대한 꿈은 늘 꿈으로 남았다. 우리는 우리 생활에서 늘 참사랑을 스스로 밀어냈다. 그래서 도시 주변 풀밭 잠자리에서는 열매가 맺지 않았다. 도시 사랑의 편리함과 잔인성은 모든 사랑을 불모의 시멘트로 만들었다. 사랑의 아스팔트 위

에 남는 것은 빗발에 으깨어진 별빛이나 태어나지 않은 딸들의 절
규……. 나는 그래서 〈우리 딸 이름은 에메랄드〉라는 시를 썼다.

　　우리 딸의 이름은 에메랄드라고 해요

　　하늘 조각 하나 잡아 붙인 이름이지요

　　"에메랄드" 하면 파란 빗빙울 하나 잡아

　　보석이라 부르는 느낌이에요

　　바람결 하나 잡아 딸이라 부르는 느낌이에요

　　하두 파랗고 하두 여리고 하두 가늘어서

　　생각 하나만으로도 금방 품에서 날아가 버려요

　　우리 딸의 이름은 에메랄드

　　맑은 가을 하늘 하루의 이름이지요

　　파란 꿈의 이름, 혹은 깊은

　　가을 밤 별로 새겨진 두 몸둥아리

　　그 은하수에 붙인 이름이지요

　　하두 맑고 하두 깊고 하두 반짝여서

　　바라던 마음 하나로도 다시 하늘로 돌아가 버려요

　　우리 딸의 이름은 에메랄드

파란 꿈이라 부르는 대신 에메랄드라고 했어요

행복이라 부르는 대신 에메랄드라고 했어요

눈물이라 부르는 대신 에메랄드라고 했어요

몸을 잃고 태어난 딸 하나

영원처럼 가늘디가는 딸의 이름

내 심장 어딘가에 박힌 칼 끝의 이름입니다

사랑의 비극이 꼭 무슨 사회적·경제적 사정 때문인 것만은 아니다. 피하지 못할 사정으로 우리는 헤어져야만 했다고 해서 다 말이 되는 것은 아니다. 불가에서 인연이란 만나고 헤어지는 것. 한용운 님의 〈님의 침묵〉만 아픔이나 위안인 것은 아니다. 대다수의 중생들은 이런 저런 이유로 헤어져야 한다는 것을 알면서도 그때마다 슬픔은 늘 숙제로 남는다. 사랑하는 사람과의 이별은 항상 뜻밖이니까. 이별의 아픔이 싫어서 원조 교제나 계약 애인 같은 편리한 사랑을 일삼아도 더러 찢어지는 아픔은 마찬가지이다.

그래서 나는 나 자신을 비웃듯 모든 사랑은 진실성이 없는 연극이고 코미디라고 쏘아붙인다. 〈사랑 연극〉이라는 시를 보자.

연극을 하지

민용태 · 사랑, 끝없는 허기의 지평선

천 개의 번갯불을 타고 올라가

천둥을 부르지

"사랑해! 사랑해!사랑해!" 한다든지

"잘 가, 잘 가, 안녕, 안녀엉……."

아니면 이건 어때?

그대와 내가 어떻게 만나야 했고

또 어떻게 헤어져야 했는가를

희비극 3장으로 때려 봐

죽도록 사랑하다 풍파에 무너진

사랑과 눈물의 소야곡…….

그리고 쥐어 짜야지, 통곡, 통곡, 대성통곡…….

보다 현실적인 사랑 이야기?

가령 아무 문제 없는 정부 하나와

틈나는 대로 의사 왕진처럼 다녀오는 주사기 사랑

그리고 비서더러 꼭 적어 두라고 해야지

서로가 만난 시간과 장소와 핸드폰 번호와

그리고 그 밑에, 우리는 무척 사랑했고, 암 사랑했구 말구

가끔 피임약 빼고는 아무 문제없었다는 점 명시하도록

아니면, 그냥 하늘에 구멍이 뻥 뚫렸다고 해도 좋아

어차피 사랑은 상처지…….

거기 끝없이 떨어지는 핏방울 빗방울 집어넣고

그리고 그 비와 강물을 자르러 덤비는

푸른 무당의

아스팔트 위, 미치광이 칼춤

결론은 모두 마찬가지

마지막은 모두

시간의 심연 속

그 느릿한 악어 떼들의 밥이 되는 장면

6. 먹어도 먹어도 배고픈 사랑이여

사랑은 욕망이다. 끝없는 갈증이다. 먹어도 먹어도 배고픈 것이 사랑이다. 돌아서면 다시 보고 싶은 너의 얼굴, 사랑은 끝없는 허기의 지평선이다. 프로이트가 욕망의 종착역은 죽음이라고 했던가. 그래서 사랑은 죽음의 욕망Thanato이란다. 마치 사랑 행위가 끝없이 자궁으로 되돌아가기 위한 남자의 몸부림인 것처럼 그것은 불가능한, 다시 태어나기에의 도전. 그러나 자궁 속의 아이가 커서 다시 아이로 되돌아갈 수 없듯, 그 되돌아가고 싶은 욕망은 결국 죽음의 길을 향한 욕망일 뿐.

그래서 비센떼 알레익산드레는 이 뜨거운 사랑의 욕망이 향하는 곳은 "사랑이냐, 파괴냐"라고 울부짖었다. 그가 말하듯, "나를 껴안지 말아요, 밤이 올까 두려워요"가 진정으로 사랑하는 연인 사이의 잠재적인 공포다. 사랑하기에, 사랑이 있기 때문에 그만큼 어둠은 더욱 공포스럽다. 사랑하는 사람의 죽음은 나의 죽음보다 아프다. 그래서 사랑은 너를 잃을까 두려움으로부터 시작한다. 먹어도 먹어도 배고픈 참꽃의 발견으로부터 시작한다. 〈너는〉이라는 시를 보자.

너는 무슨 하늘로 벼린 가슴이기에

나를 이토록 가득 채우는가

너는 무슨 이슬로 빚은 술이기에

나를 이토록 취하게 하는가

너는 무슨 숨결로 짠 고요이기에

안으로 안으로만 파고 드는가

너는 무슨 꽃잎으로 만든 떡이기에

먹어도 먹어도 배고픈가

너는 오는가 가는가

너는 무슨 꿈으로 온 나비이기에

붙잡아도 붙잡아도 날아갈 것 같은가

너는 햇살인가 눈물인가

너는 무슨 강물로 빚은 노래이기에
사랑도 눈물도 흘러흘러 넘치는가
너는 무슨 죽음으로 벼린 육체이기에
나는 이토록 네 속에 침몰하고 싶은가

마치 호메로스가 이야기한 큰 바닷속 인어 공주 시레나의 노랫소리처럼, 로렐라이 언덕의 인어 소녀의 노랫소리처럼 모든 뱃사람을 홀리고 끝없이 빠져들게 하는 사랑의 마력. 그것은 내 것으로 가지고 싶은 욕망 때문에 금방 잃을까 두려워하는 달콤한 공포다. 붙잡으면 날아갈 것 같은, 놓으면 영원히 떠나갈 것 같은 안타까움의 고리들. "너는 햇살인가 눈물인가" 나에게 한없는 희망과 행복을 주고 어둠과 최루탄으로 앞을 못 보게 하는 역설의 현장. 그러나 그 어떤 공포에도 죽음의 위협에도 우리의 사랑 행위는 끝을 모른다. 죽도록 사랑해서, 숨 콱 막히도록 좋아서, 나는 밤마다 네 속에 침몰한다.

너의 목소리는
물에 젖어 있다
너의 눈 속은

민용태 · 사랑, 끝없는 허기의 지평선

물로 가득타

너의 몸은 온통

강물의 노래

아름다운 것은

강물뿐인가

대지 위

두 다리를 뻗고 누운

강물 줄기

불꽃이 많아서

아무래도 나는

물고기도 못 된다, 너의 강에

끝없이 침몰하고 싶은 마음에

나룻배도 못 된다

나는

〈아름다움〉이라는 시다. "아름다움"이란 게 무언가. 아름다운 여
자를 빼놓고 우리는 아름다움을 말할 수 없다. 어느 인류학자는
여자가 아름다운 것이 가장 인간적인 현상이라고 말한다. 동물은

모두 수컷이 아름답기 때문이다. 옛날 사냥 시대에는 남녀가 사랑하여 아이가 생기를 것을 몰랐단다. 아기는 어쩌다 두루미나 학이 여자 배 속에 넣고 간 하늘의 선물로 생각했다. 사냥 나갔던 남자들이 고향에 돌아와서 남녀가 어우러져 함께할 때는 몰랐는데, 남자들이 사냥을 나가고 없을 때에는 꼭 이런 임신 문제가 생겼다. 이런 때, 즉 아이를 키우는 동안에야말로 사나운 짐승으로부터 모자를 보살펴 줄 남자가 필요했다. 그래서 사냥 나가는 남자를 하나 붙들어 놓을 무기로 여자가 소위 화장이라는 것을 시작했다고 한다. 이리하여 아름답게 화장하는 동물, 여자가 탄생한다. 따라서 여자가 아름답다는 것은 수컷이 좋아하는 암내 같은 냄새를 풍기며 발그스레한 모습이 된다는 것. 수컷들이 가장 많이 암컷을 따를 때는 바로 암내 난 때였으니까. 그리고 늘 도망가려는 수컷을 잡아 두기 위해 여성의 성 기능도 바뀐다. 즉 암내가 날 때만 아니라 시도 때도 없이 섹스를 하는 여자라는 이상한 동물이 생겨난 것.

그래서 인간 중 여자만큼 인공적인 것이 없다. 그리고 종족 보존, 생식과 출산의 필요성에서 출발한 아름다움인 만큼 여성처럼 생명적인 것이 없다. 여성에게는 달마다 치르는 행사인 월경이 있다. 그만큼 생명적이고 시간적인 실체가 여자이고 이것이 여자의 아름다움이다. 시간의 모습을 닮은 육체가 바로 아름다움이다. 그것은 처음 남자가 암내 난 줄 알고 유혹당했던 날로부터 한없는

유혹의 손길이다. 그러나 그것은 프로이트가 말한 죽음의 욕망 같
은, 한 번 빠지면 다시 살아 나오지 못하는(섹스 뒤의 남성의 그것처
럼) 무서운 유혹. 그래서 나는 인어 공주의 유혹에서 살아남는 물
고기가 아님을 안다. 그렇다고 다 두고 다 마다하고 떠나는 뱃사공
이나 나룻배도 될 수 없는 패러독스의 실체…….

비는 어제에서 온다

빗방울은 내일로 떨어진다

사랑해사랑해사랑해

빗소리가 기적 소리에 젖는다

너는 나의 손을 움켜쥔다

목을 부둥켜안는다

사랑은 안 떠내려가기 안간힘

비가 그 무딘 칼날로

장미를 도려내고 있다

행복은 입술 하나가 모자란다

약속은 다리 하나가 모자란다

어느새 물이 불어 건너갈 수 없다

멀리 징검다리 하나 보인다

해골과 해골로 이어진

그러나 사랑은 위의 〈빗속에서〉라는 시에서 보듯 금방 눈에 보이는 숨막히는 죽음이 아니다. 그렇게 곧장 죽음으로 이어지는 것은 아니다. 그보다 사랑은 비나 시간이라는 잔학한 괴물의 농락에 빠진다. 사랑은 늘 "한오백년 살자는데"이거나 "네가 죽고 내가 산다면"이다. "비가 그 무딘 칼날로 / 장미를 도려내고 있기" 때문이다. 그래서 사랑의 행복은 항상 "입술 하나가 모자란다". 사랑의 약속이나 오작교의 만남은 "다리 하나가 모자라" 못 만난다. 시간의 횡포는 온 세상을 물과 눈물바다로 바꾸고 "건너갈 수 없다". 기다리는 것은 죽음뿐.

그래도 우리는 밤마다 따스하고 부드러운 육신을 찾는다. 스페인 시인 펠릭스 그란데는 "여체女體는 나의 조국!"이라고 했던가. 여체는 가장 인간적인 실체이면서 가장 한스러운 인간 존재의 한계를 드러내는 신비한 영토이다. 비록 여섯 자도 안 되는 작은 영토이지만……. 〈6척尺의 촌토寸土〉라는 시를 보자.

어디서 왔다 어디로 가는지 모르는 하야 길

길을 따라 조그만 너의 영토를

어루만지듯 아루만지듯 밤새 헤맨다

산모롱이에 떨어진 까만 별을 줍다가

길섶 빨간 들장미에 입술을 댄다

민용태 · 사랑, 끝없는 허기의 지평선

초여름 떡갈잎 속에 숨겨 둔

이름 모를 새알 하나 둘

언덕을 지나 미끄러지듯 골짜기에 이르면

어느 깊은 골에서 숨어 흐르는 물소리

미친 듯 치닫는 나의 발부리에

오, 천년을 숨어 흐르는 비경의 샘물

마셔도 마셔도 목마른 조그만 하늘이여

땅끝에서 땅끝까지

6척도 못 되는 촌토寸土

내 이토록 밤낮을 두고

너의 영토를 헤맴은

거기 걸어도 걸어도 내 발이 미치지 못하는

지평선이 있기 때문이다

파도 파도 내 손끝이 닿지 않는

지각地殼이 있기 때문이다

7. 사랑은 부활의 눈짓

사춘기 때 잃어버린 소녀를 만나는 일이 있다. 황순원의 소나기 속
에서 만난 소녀를 다시 만나는 일이 있다. 참꽃 따 먹고 산자락을
누비던 소년 소녀도 되돌아온다. 거짓말같이 옛 모습 그대로, 아직

설익은 앵두 같은 입술과 앙증맞은 양 볼을 붉히며 눈을 지그시 감고 바로 코 밑으로 다가올 때가 있다. 그것은 어제 가면 오늘 오고 오늘 가면 내일 오고 내일 가면 또 어제 오는 타성과 일상과 권태의 굴레에서 문득 떨어져 나간 윤삼월 같은 소녀와의 만남. 사랑의 눈에 그것은 백 번 부활이다. 그리움과 기다림의 뒤안길에서 사라진 듯 없어진 듯 숨어 있다가 혹은 30년 혹은 40년 만에 돌연 아무 일도 없었던 듯 모습을 드러내는 소녀의 풀냄새 나는 허리……. 〈참꽃〉이라는 시를 보자.

어린 시절 우리 동네 앞산자락에

옹기종기 피어 있던 참꽃들

그것들이 어느새 서울 아차산 뒷산에 와

허리를 곧추 세우고 연분홍 블라우스 차림으로

나를 불러 세운다

(중략)

참새는 이미 갔다

참꽃은 진달래라는 사치스런 이름으로

소월의 시에 나오지만

이별한 일도 없이 홀로 여위어만 가는

홀로 무거워만 가는 삶의 무게 위에

아, 참꽃, 너, 기적

너머 어린 시절 기차를 몰고 오는

(후략)

그렇다. 사랑은 발견이다. 그리고 무엇보다 부활의 발견이다. 이미 오래전에 알았던, 오래전부터 기다리던 소녀가 그 긴 그리움과 기다림과 부재의 불가사의를 뛰어넘어 아무렇지도 않게 기적처럼 기차 타고 다가오는 황홀의 발자국……. 사랑의 눈에는 처음 만난 사랑도 낯설기보다는 오히려 낯익다. 사랑의 눈에는 처음 만난 사랑도 오래된 오늘이다. 사랑의 눈에는 천 번 만난 사랑도 오늘 처음 만난 사람이다.

그래서 사랑에는 늘 기적의 냄새가 난다. 사랑에서 발견한 단추 하나도 언젠가 잃어버린 단추이다. 언젠가 떠나 버린, 언제가 잊어버린 것이 기적 타고 기적처럼 아무렇지도 않게 되돌아오는 느낌. 그 풀냄새 나는 블라우스, 풋감 같은 입술의 맛. 모두 다 그대로 마냥 부끄럽고 서투른 사랑의 몸짓. 그래서 모든 사랑은 오래된 첫사랑이다.

그것은 오래전에 떠나간 배다. 어느 먼 향그러운 항구에서 떠나간 배다. 나폴리에서는 끝없이 배들이 떠나간다. "잔잔한 바다 위로 저 배는 떠나간다. / 노래를 부르니, 나폴리라네". 사랑의 항구나폴리에서는 한없이 배들이 떠나간다. 항구에는 늘 눈물 젖은 손수건들이 나부낀다. 그 손수건들을 멀리 구름으로 날려 보내고 님을 실은 배들은 무정하게 떠나간다. 눈물이 많아서 늘 비에 젖던 항구에도 더러 기적 소리, 뱃고동 소리와 함께 사랑이 돌아온다. 그리움만으로 한 약속의 긴 기다림의 세월을 넘어, 부활처럼 해맑은 옛 소녀의 모습 그대로 사랑이 돌아온다. 다시 생각해 보면, 그렇다. 겨울 가면 봄이 온다. 봄은 반드시 온다. 일상에 찌든 사람들에게만 봄은 없다. 그러나 사랑의 눈에 부활은 상식이다.

온 세상은 항구다, 아늑하다, 아득하다

하루살이 하루가 창가에서

뱃고동 소리처럼 멀어갈 때

봄비가 핑크빛 포도주에 입을 댄다

입술이 파르르 떤다

봄비는 나폴리에서 온다

떠나간 사람들이 돌아온다

발자국 소리도 가늘게 가슴으로

온다, 가슴으로 허리로 온다

봄비는 문을 열지 않은 모든 꽃들의

민용태 · 사랑, 끝없는 허기의 지평선

발을 간지럽힌다

매화가 핀다, 진달래가 핀다, 벚꽃도
웃음을 참지 못하고 꽃가지를 붙들고 매달릴 때
어둠이야 오건 말건
밤이야 퍼붓건 말건
나폴리는 잠잔다
산타루치아

〈봄비는 나폴리에서 온다〉라는 시에서 나는 사랑이 찾아오는 느낌을 이렇게 묘사했다. 그것은 문득 인생이 무상한 것을 느낄 때다. 세상은 늘 떠나가고 떠나오는 것밖에 없는 "항구"임을 느낄 때다. 오늘 하루도 또 영원히 나의 곁을 떠난다. 하루가 아득해진다. 그러나 그것은 슬픔보다는 오히려 산다는 것의 무게 없음과 아늑함……. 그런 빈 마음일 때 핑크빛 입술의 봄비가 느껴진다. 그렇다. 결국 모든 것은 오고 간다. 떠나가면 또 돌아온다. 일상에 찌들어 있을 때만 그 돌아오는 느낌을 받지 못한다. 봄비를 보지 못한다. "봄비는 문을 열지 않는 모든 꽃들의 / 발을 간지럽힌다". 일상과 타성의 눈을 털고 눈을 뜬 자들에게는 새 선물처럼 봄이 꽃핀다. 마지막 연은 흐드러지게 핀 봄의 환희와 유혹과 도취를 그리고

싶었다. "나폴리는 잠잔다 / 산타루치아"에 모든 희망과 도취의 맛
을 맡겼다. 나폴리의 잠은 쾌락과 도취의 잠이다. 동시에 아침이면
동이 트듯 부활을 믿는 잠이다. 따라서 그것은 환희와 희망의 구
가, "산타루치아" 함성이다.

　　나는 다시 그 부활의 느낌을 그린다.

봄비는 나폴리에서 온다

잔잔한 바다 위로 떠나간 소녀가

소녀로 돌아온다, 실오라기 하나

없이 맨발로 물 위를 걸어

허리로 다가오는 4월

핑크빛 포도주 잔에

수많은 4월이 입술을 댄다

(중략)

누가 천년학을 말하는가

하루살이 하루가

영원보다 어여쁜

부활의 눈빛, 4월은

나폴리에서 온다, 잔잔한 바다 위로

떠나간 소녀가 돌아온다

민용태 · 사랑, 끝없는 허기의 지평선

맨발로 물 위를 걸어

봄비는 나폴리에서 온다
4월에는 떠나간 것이 모두 돌아온다
모두 꽃이 되어
꽃핀 여기 오늘

오, 산타루치아! 사랑이 가져오는 깨달음의 느낌은 삶의 참맛의 발견과 같다. 괴테는 소년 시절부터 꿈꾸고 써 온 《파우스트》라는 대작을 늙어 죽을 때까지 끝내지 못했다고 한다. 그가 팔십 가까운 나이에 만난 소녀가 노시인의 눈을 뜨게 했다. 그가 사랑한 소녀가 바로 17세의 울리케 폰 레페조브였다. 괴테는 《파우스트》 1부(1823)에 자신의 사랑의 체험을 자세하게 시적으로 묘사한다. 그리고 그 사랑으로 눈뜬 깨달음과 사랑의 힘으로 자서전을 끝내고 《파우스트》 2부(1833)를 마감한다. 그가 죽기 며칠 전에 끝낸 파우스트의 마지막 시구: "어떤 여성적인 것이 영원히 나를 이끈다"라고 하는 말은 모든 시인에게 아직도 아프게 메아리친다.

나는 시인이 17세의 소녀를 만나야 참시를 쓸 수 있다고 말하지는 않는다. 시인이 사랑하는 여인은 모두 17세의 꽃띠로 둔갑하니까. 그러나 소녀는 시다. 아름다움 그 자체이다. 젊음이다. 생명성의 보고이다. 그래서 세르반테스도 "시는 사랑스런 소녀, 나이가 많지 않은"이라고 말하지 않았던가. 돈키호테는 둘시네아라는 소녀를 육십이 넘어 죽을 때까지 죽도록 사랑했다. 그가 죽을 때까지 둘시네아의 나이는 그가 만났을 때와 거의 똑같은 16세. 많이 양보해서 "아직 스무 살이 넘지 않은 소녀"였다.

돈키호테가 몬테시노스 동굴에서 마법에 걸려 신음하고 있는 둘시네아를 만났을 때 그녀의 나이가 바로 "스무 살을 넘지 않은" 때였다. 추하디추한 농군 아녀자의 얼굴에 누더기를 걸친 공주님의 몰골은 그냥 보고만 있어도 눈물이 날 만큼 비참한 모습이었다. 거기 그 거지 몰골의 둘시네아가 어느새 돈키호테를 알아보고 돈이 있으면 좀 꾸어 달라고 조른다. 돈키호테가 기가 막혀, "아니 그 마법의 세상에서도 가난이 사람들을 괴롭힙니까?"라고 묻는다. 거지 둘시네아는 이승 저승 어디를 가도 가난은 따라다니는 법이라고 하면서 어서 빨리 돈 좀 달라고 치근댄다. 돈키호테는 하는 수 없이 가지고 온 돈 몇 푼을 내주면서 혼자 속으로 무척 마음 아파한다.

나는 〈돈키호테는 둘시네아를 진정 사랑했는가〉라는 최근 논문에서 '마법이 걸린 둘시네아'는 현실 속에서 농촌 삶에 찌들고 햇볕에 시커멓게 그을린, 나이가 훨씬 많은, 이상이 아닌 현실 둘시네아의 상징으로 읽는다. 돈키호테는 추한 농촌 아녀자 둘시네아를 그 마법에서 풀려나게 하려고 애쓴다. 그 모습은 자기가 처음 만났을 때 참으로 아름다운 공주였던 이팔청춘의 소녀를 끝까지 소녀로 기억하고 싶은 피나는 몸부림이다. 우리 모두가 첫사랑의 소녀를 평생 소녀로 기억하듯이, 그렇게 기억하고 싶어 하듯이, 돈키호테 또한 적극적으로 그 꿈을 좇는다. 그렇게 생각해야 그의 방랑기사로서의 투쟁과 인생이 의미가 있기 때문이다. 그렇게 생각해야 그가 사랑할 수 있기 때문이다. 그렇게 생각해야 그가 삶에 대한 의욕을 가지고 계속 젊을 수 있기 때문이다.

소설 《돈키호테》 마지막엔 그의 무덤에 바치는 비문이 나온다. 그의 친구 삼손이 쓴 비문에는 "그는 미쳐서 살고 정신 들어 죽었다"라고 쓰여 있다. 물론 자신이 결투를 하여 돈키호테를 귀향시키고 고해성사를 하게 한 장본인이기 때문에, 자기 자랑 겸 '미친 돈키호테'의 명성을 융화시키려는 말처럼 들린다. 그러나 이 말들을 되새겨 보면, 그 뜻이 정반대임을 알 수 있다. 말하자면 "참으로 산다는 것은 미쳐서 (사랑에 심취해서) 사는 것이고, 정신 차리고 똑똑하게 산다는 것은 나날이 죽어 간다는 것을 알고 죽어 가는 모습으로 산다는 것"이라는 뜻.

우리는 사랑에 미치고 꿈에 미쳐서 산다. 미치지 않으면 시인이 아니다. 사랑하지 않으면 시인이 아니다. 흐린 타성과 일상의 눈으로 시는 들어오지 않는다. 아름다운 소녀는 보이지 않는다. 우리는 모두 돈키호테이다. 자신의 소녀를 소녀로 지키기 위해 세월을 부수며 몸부림치는 시인들이다. 그것이 가장 부조리한 몸짓이라고 할지라도, 우리는 사랑을 포기할 수 없기에, 꿈을 포기할 수 없기에,

우리는 다시 눈뜨고 사는 참삶을 포기할 수 없기에 우리는 시인이다. 그래서 시인은, 사랑의 시인은 "소나기"를 믿는다. 나의 시 〈소나기〉 전문이다.

봄비는 꽃씨

꽃씨는 소나기를 몰고 오고

소나기는 가을비를 몰고 오고

차바퀴가 문드러지도록 계절은 바삐 달리고

겨울의 끝을 잡고

사랑은 노래방에 노래를 묻는다

소나기의 소녀는

소나기는 피하는 게 좋다고

자꾸 집으로 가자고 하고

번개처럼 머물렀던 움막의 황토물이

빗물인지 눈물인지 콧등을 타고 올라

무지개 되어 피는데.

아무 일도 없었던 날의

뜻밖의 황홀은

민용태 · 사랑, 끝없는 허기의 지평선

소나기와 함께 온다

무지개처럼. 비눗방울처럼

그러나 전화와 시간표와 차바퀴에 치어

소나기는 이내 시궁창물이 되고

달리는 차바퀴에 으깨어지는

별빛만이 갈 길을 잃고

참사랑은 아름다웠다고 밤하늘을 보면

쏟아지는 은하수 물에

온 방이 홍수 사태.

누가 영원을 말하는가

오늘 없으면 내일 없다

소나기!

사랑하기! 살기!

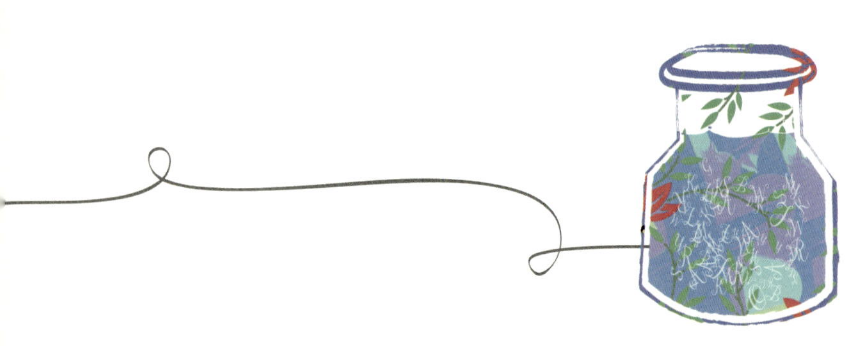